BAANTJER

De Cock en de dood van een kerkrat

door Peter Römer

De Fontein

MIX
Papier van verantwoorde herkomst
FSC® C014496

Eerste druk september 2018

Het gebruik van de naam Baantjer is met toestemming van de erven A.C. Baantjer
Omslagontwerp Baqup
Omslagbeeld © Shutterstock
Opmaak binnenwerk Pre Press Media Groep, Zeist
ISBN 978 90 261 4418 9
ISBN e-book 978 90 261 4419 6
NUR 331

www.uitgeverijdefontein.nl

Alle personen in dit boek zijn fictief. Enige gelijkenis met bestaande – overleden of nog in leven zijnde – personen berust op puur toeval.

1

Rechercheur De Cock had het benauwd. Hij lag, met zijn bovenlichaam ontbloot, voorover op een massagetafel, zijn gezicht verborgen in een uitsparing aan het einde van die tafel. Het zag eruit alsof hij over zijn voeten was gestruikeld en met zijn neus in een konijnenhol terechtgekomen was. Hij voelde zich machteloos.

Over zijn rug bewogen de zoekende vingers van de fysiotherapeut. 'Hier?'

Hij drukte blijkbaar op de juiste plek, want De Cock kwam kreunend een stukje overeind. 'Ja…' Hij liet met een zucht zijn gezicht terugzakken in het nauwe gat, terwijl de vingers inmiddels doelgericht aan het werk gingen.

Op tweede kerstdag was hij door zijn rug gegaan. Zijn vrouw had voorgesteld om de dag nuttig te besteden door eindelijk de overvolle kasten in zijn werkkamer aan te pakken. De Cock had hierin toegestemd, hoewel hij de dag liever had zoekgebracht met de dubbeldikke kersteditie van zijn krant. Maar hij had begrip voor de wens van zijn vrouw, temeer daar hij zich de laatste tijd ook was gaan ergeren aan de onoverzichtelijke hoeveelheid spullen die op onverklaarbare wijze bezit had genomen van zijn kamer. Om ruimte te creëren in de boekenkast had hij besloten om zijn oude Winkler Prinsencyclopedie op te ruimen. Het was met pijn in zijn hart, maar hij had moeten toegeven dat hij de encyclopedie al in geen jaren meer had geraadpleegd, aangezien alles tegenwoordig te vinden was op het onvolprezen internet. Zijn vrouw was in haar nopjes geweest met zijn rigoureuze beslissing om alle vijfentwintig delen in één keer de deur uit te doen, maar hem was het uiteindelijk behoorlijk opgebroken. Toen hij de verhuisdoos waarin hij een aantal van de boeken had opgestapeld wilde optillen voelde hij een steek in zijn onderrug en was het einde oefening. Hij had de rest van de dag op bed gelegen, wat zijn rug overigens geen goed had gedaan. De volgende ochtend had zijn vrouw een afspraak kunnen maken bij de fysiotherapeut en nu lag de oude rechercheur weerloos op een tafel de pijn te verbijten, in de hoop dat de fysiotherapeut een wondertje zou verrichten.

Een wondertje werd het niet, maar De Cock moest toegeven dat de pijn dragelijker was dan voor de massage en hij maakte meteen een afspraak voor de volgende dag.

'En blijf bewegen!' was het nadrukkelijke advies dat hem werd meegegeven. De Cock besloot de goede raad op te volgen door, tegen de afspraak met zijn vrouw in, nog even langs het bureau te gaan om te kijken of er de afgelopen kerstdagen nog iets ernstigs was voorgevallen.

'Handen omhoog!'

Rechercheur De Cock stond bij de verlaten balie van het oude politiebureau aan de Warmoesstraat en keek in de donkere ogen van een jongetje van een jaar of acht. Hij hield een pistool op de grijze politieman gericht, dat bestond uit twee wasknijpers en een potlood.

Langzaam stak De Cock zijn handen in de lucht. 'Ik geef me over.'

'Wat heb ik nou gezegd!' Els Peeters kwam tevoorschijn uit het kopieerhok en legde met een klap een stapel kopieën op de balie. Het jongetje draaide zich schuldbewust naar haar om en stak snel zijn geïmproviseerde pistool weg.

'Kom hier zitten en ga weer tekenen.' De zware stem van de wachtcommandant galmde door de verder lege ruimte. De Cock had zijn handen weer laten zakken en keek haar vragend aan.

Els Peeters zuchtte. 'Mijn moeder heeft griep en mijn ex nam de telefoon weer eens niet op.' Hij leek haar niet direct te volgen. 'Kerstvakantie,' verduidelijkte ze. 'Dus heb ik hem maar meegenomen.'

'Ah, juist.' Hij schuifelde in de richting van de stenen trap. 'Niet echt een plek voor een kind, lijkt me, zo'n politiebureau.'

Els haalde haar schouders op. 'Jij bent hier toch ook groot geworden.'

De Cock grinnikte en keek haar over zijn schouder even aan. 'Dat is waar. Ja, dat is waar,' zei hij terwijl hij moeizaam de eerste treden van de trap nam.

De Cock had zich in zijn bureaustoel laten zakken en haalde diep adem. Hij sloot zijn ogen en genoot van de ongewone rust die was neergedaald over het gebouw, blij dat hij voor even was verlost van die zogenaamde gezelligheid die de feestdagen met zich meebrachten. Niet dat hij een hekel had aan de kerst; vooral op kerstavond kon hij zich verheugen, als hij met zijn vrouw in de Westerkerk de nachtmis bijwoonde. Ook dit jaar was de belangstelling weer overweldigend geweest. De kerken mochten dan al jaren achtereen steeds leger raken, op kerstavond wilden de mensen zich nog graag even laven aan de warmte en de troost en natuurlijk ook aan het theater dat de kerk te bieden had. En het leek wel of er elk jaar meer mensen bij kwamen.

Aan het kerstdiner van dit jaar bewaarde hij ook goede herinneringen, maar daarna had het van hem wel afgelopen mogen zijn en had het normale leven weer zijn loop mogen nemen. Terwijl hij dit overdacht voelde hij zijn oogleden zwaar worden en zakte hij tevreden weg in een middagdutje. Niet zo vreemd, want de afgelopen nacht had hij van de pijn nauwelijks een oog dichtgedaan. De doordringende toon van zijn mobiele telefoon maakte echter al snel een einde aan de rust. Hij keek op het schermpje. Zijn vrouw.

'Ja?'

'Jurre, waar ben je?' Zijn vrouw klonk ongerust.

Hij schraapte zijn keel en sloeg een opgeruimde toon aan. 'De fysio raadde me aan om vooral te blijven bewegen.' Hij hield een kleine pauze om zijn vrouw de gelegenheid te geven te reageren, maar die voelde nog geen behoefte om iets terug te zeggen. 'En dus ben ik maar even langs het bureau gegaan.'

Mevrouw De Cock slaakte een zucht van ergernis.

'Maar,' vervolgde hij geruststellend, 'ik denk dat ik mij nu maar weer eens naar huis beweeg.'

Het leek een goed voornemen, maar toen De Cock met enige moeite de stenen trap was afgedaald werd hij tegengehouden door Els Peeters. 'Goed dat je er nog bent.'

Hij keek haar argwanend aan. 'Want?'

'Ik krijg net een melding binnen. Ze hebben een dooie man gevonden in een huis aan de Oudezijds Voorburgwal.'

'Moord?'

De wachtcommandant trok een grimas. 'Geen bijzonderheden, maar de diender die ik sprak klonk niet erg in paniek.'

Hij zuchtte en zette zijn hoedje op zijn hoofd.

Peeters keek hem met een schuine blik aan en schudde haar rode krullen. 'Ga jij maar naar huis, De Cock. Ik bel wel iemand anders.'

'Nee, het is goed, Els, ik ga wel. Maar...' hij keek haar met een verontschuldigend lachje aan, 'zou jij mijn vrouw dan willen bellen en haar zeggen dat het ietsje later wordt?'

Toen hij aankwam bij het smalle herenhuis aan de Oudezijds Voorburgwal stond Den Koninghe al ongeduldig op hem te wachten. De schouwarts had humeurig op het vestzakhorloge gekeken dat nog aan de grootvader van zijn moeder had toebehoord. 'Je hebt de tijd genomen, De Cock.'

De Cock zette zijn handen in zijn zij en strekte zich. 'De rug,' verklaarde hij. 'Ik moet van de fysio in beweging blijven, dus ben ik komen lopen.'

De dokter stopte het vestzakhorloge weg. 'Ik zou zeggen, forceer het niet.'

De Cock keek naar het koperen bordje dat naast de deur hing: PRONK & CO. 'Wat hebben we?'

'Een dode,' antwoordde de dokter droog.

'Dat had ik al begrepen.'

'Gevallen, gegooid, wie zal het zeggen. Met zijn hoofd op een glazen tafeltje terechtgekomen en doodgebloed.'

'Gevallen, gegooid?'

'Wie zal het zeggen.' Den Koninghe hief verontschuldigend een hand. 'Zijn jasje was gescheurd en er zat een kras op zijn kin maar volgens mij had hij ook gedronken. We zullen het technisch onderzoek moeten afwachten.' Hij knoopte zijn zwarte jas dicht. 'De ambulance is in aantocht. Verwacht mijn rapport in het nieuwe jaar.' Hij deed een stap naar voren. 'En alvast de beste wensen!'

Bij de deur die toegang gaf tot de hoge, smalle kamer en suite stond een jonge agent die overduidelijk de opdracht had gekregen niemand tot de kamer toe te laten. Maar toen De Cock arriveerde deed hij gedienstig een stapje opzij.

'Ben je hier alleen?'

'Nu wel, meneer. Mijn collega is net weg, er kwam een melding, dus u begrijpt...'

De Cock knikte en bleef in de deuropening staan. Hij nam de plaats delict nauwgezet in zich op, hoewel hij er nog niet zeker van was of er op de plaats inderdaad een delict was gepleegd.

'Is er, behalve de dokter, al iemand geweest voor het sporenonderzoek?'

'Volgens mij niet, meneer. We zijn nogal onderbezet, naar ik heb begrepen.'

Terwijl hij zijn latex handschoenen aandeed liep De Cock naar de voorkamer. Tegen de wand stond een stalen archiefkast en in het midden van de kamer bevond zich een groot bureau waarop een computerscherm stond dat werd omringd door stapeltjes ouderwets papier. De kamer maakte een ordelijke indruk. Hij deed voorzichtig een paar passen en hoorde de oude houten vloer kraken onder zijn schoenen. In de achterkamer, die grensde aan een diepe tuin, lag het slachtoffer in een plas geronnen bloed. Een oudere man, die met zijn hoofd tussen glasscherven lag die afkomstig moesten zijn van het glazen blad van een bijzettafeltje. In het achterhoofd van de man stak een stuk glas. De Cock bukte zich voorzichtig over het lijk en rook een vage alcoholgeur. Tegen de plint lag een whiskyglas dat de val blijkbaar had overleefd, maar waarvan de inhoud op de vloer was terechtgekomen. De Cock stelde zich voor dat de man op ongelukkige wijze achterovergevallen was en met zijn hoofd op het tafeltje was neergekomen.

Gevallen, gegooid?

'Wie heeft hem gevonden?' vroeg hij aan de agent.

'De melding kwam van zijn vrouw, zijn ex-vrouw,' verbeterde hij zichzelf. 'Zij vertelde dat ze een afspraak had met haar man, haar ex-man dus, maar dat hij niet reageerde op haar bellen.'

'Dan had ze blijkbaar nog wel een sleutel,' concludeerde De Cock.

'Van het kantoor, ja.'

'En is het slachtoffer de Pronk van Pronk & Co?'

'Volgens de vrouw wel.'

'Waar is die vrouw nu?'

'De dokter heeft haar weggestuurd.'

De Cock draaide zich met een ruk om naar de agent. 'Weggestuurd?'

De agent krabde zich verontschuldigend op het hoofd, alsof hij zich moest verantwoorden voor de daden van de schouwarts. 'De vrouw maakte nogal veel misbaar en de dokter, nou ja... we kennen de dokter. Toch?'

De Cock mompelde iets.

'Maar ik heb wel haar adres opgenomen.' De agent overhandigde de geïrriteerde rechercheur een gevouwen papiertje.

'Dat is tenminste iets.'

Hij keek nog eens goed om zich heen. De ruimte was net als de voorkamer sober ingericht. Met slechts een enkele foto aan de verder kleurloze wanden. Achter in de kamer, bij de tuindeuren, stonden twee bureaus tegen elkaar aan geschoven. Blijkbaar werkten er nog meer mensen op dit kantoor.

'Enig idee wat Pronk & Co uitvoert?'

'Iets met vastgoed, meneer. Volgens –'

'Zijn ex-vrouw,' vulde De Cock ongeduldig aan. 'Dat gevoel kreeg ik al.'

Hij draaide zich om en struikelde bijna over een wandelstok die midden in de kamer lag. Er ging een pijnscheut door zijn rug en hij onderdrukte een kreet.

De agent schoot bezorgd toe. 'Gaat het, meneer?'

'Jaja. Het is alleen... nou ja, mijn rug. Ik moet in beweging blijven.'

Hij stapte over de stok heen en wierp nog een blik op het dode lichaam. Het gezicht was grauw en ingevallen, maar de kleding van de man zag er verzorgd uit, stevige bruine brogues onder een grijs flanellen broek en een donkerblauw colbert. Hij tilde een van de panden van het jasje op en zag dat de revers ter hoogte van het knoopsgat was ingescheurd en dat er op het witte overhemd dat hij onder het jasje droeg een vlek zat. Whisky?

De Cock rechtte met een pijnlijke grimas zijn rug en richtte zich tot de agent, die op de drempel van de deuropening was blijven staan. 'Ik zal nog eens bellen met het bureau, zodat ze haast maken met de technische ploeg.'

'Denkt u aan moord?' Het klonk bijna ongepast gretig.

'We kunnen het in ieder geval niet uitsluiten. Blijf jij hier en zorg dat niemand deze kamer betreedt.'

Het liefst was rechercheur De Cock meteen doorgegaan met zijn onderzoek en had hij de ex-vrouw van de dode man opgezocht, maar de pijn in zijn onderrug en het dringende telefoontje van zijn vrouw deden hem anders besluiten. Hij hield een taxi aan en liet zich thuis afzetten.

Zijn vrouw stond bezorgd op hem te wachten. Hij mompelde een excuus en drukte een kus op haar wang. De rest van de middag bracht hij in een warm bad door, in de hoop dat de pijn in zijn rug zou wegtrekken. Hij sloot zijn ogen en dacht aan de dode man in het huis aan de Oudezijds Voorburgwal, het gebroken glazen tafeltje, de wandelstok. Het lege whiskyglas dat tegen de plint was gerold. Een bevroren beeld uit een filmscène. Wat had zich daar afgespeeld op een van de laatste dagen van het jaar?

Hij viel in slaap.

2

De volgende ochtend was De Cock met een sprongetje uit zijn bed gekomen in een poging zijn vrouw te laten geloven dat het een stuk beter met hem ging. Met tranen in zijn ogen de pijn verbijtend strompelde hij daarna zo goed en zo kwaad als het ging naar de badkamer.

'Jij gaat na de fysiotherapeut zeker nog even langs bij het bureau?' vroeg mevrouw De Cock aan haar man, die staande aan het aanrecht zijn boterhammetje at.

'Zeker.'

Zijn vrouw keek hem verwijtend aan. 'Je zou vrij zijn tussen kerst en oud en nieuw.'

Hij zette zijn ontbijtbordje op het aanrecht en dronk het laatste slokje koffie uit zijn kopje. 'Ik moet op z'n minst even kijken of er iets uit het technische onderzoek is gekomen. Ik maak het niet laat.' Hij bewoog zich voorzichtig naar de keukendeur.

'Denk om je rug.'

Hij glimlachte manmoedig. 'Kwestie van in beweging blijven.'

'Jij zou vrij zijn tussen kerst en oud en nieuw!' Dick Vledder hing achterover in zijn bureaustoel en bekeek geamuseerd zijn oudere collega.

'Hoe ouder je wordt, hoe meer dagen je vrij moet nemen,'

bromde De Cock terwijl hij zijn regenjas aan de kapstok hing. 'Nog even en ik hoef helemaal niet meer naar het bureau te komen.'

'Je was hier gisteren ook. Dat vertelde Peeters me. En ook dat haar zoontje je onder schot gehouden heeft.'

'Met twee knijpers en een kleurpotlood!' Hij glimlachte. 'Zo'n knul heeft tenminste nog wat fantasie. Je krijgt de indruk dat de jeugd tegenwoordig alleen nog maar op beeldschermpjes kijkt.'

'Opa spreekt!' oordeelde Vledder opgewekt, terwijl hij met zijn vingers op zijn bureau trommelde.

De Cock haalde zijn schouders op en liep moeizaam naar zijn bureau. Hij trok zijn stoel naar achteren, maar besloot toch maar te blijven staan. Hij keek Vledder verontschuldigend aan. 'Mijn rug. Ik ben net onder handen genomen door mijn fysiotherapeut.'

'Aha! Vandaar dat zonnige humeur.' De jonge rechercheur schoot naar voren in zijn stoel en stond op. 'Zou je dan niet beter naar huis gaan?'

'Het is een kwestie van...' Hij zuchtte. 'Laat maar. Er is gistermiddag een man dood aangetroffen in een huis aan de Oudezijds Voorburgwal.'

'Misdrijf?'

'Mogelijk. Men vertrouwde het in ieder geval niet en dus werd Den Koninghe opgetrommeld.'

'En jij.'

'Ik was toevallig op het bureau.'

Vledder glimlachte toegeeflijk. 'Dus je ging er ook maar even langs. En?'

De Cock vertelde wat hij de dag daarvoor in het huis had aangetroffen.

Vledder luisterde aandachtig en trachtte zich de situatie in te denken. 'Geen sporen van geweld?'

'Niet dat ik heb gezien. Er was veel bloed, maar eigenlijk

wees alles op een ongelukkige val waarbij de man met zijn hoofd op een glazen tafeltje is terechtgekomen.'

'Maar?'

'Een val midden in de kamer? Zonder enige aanwijsbare reden?' Hij schudde zijn hoofd.

'Misschien had hij te veel gedronken.'

De Cock dacht even aan het whiskyglas en de pregnante alcoholgeur. 'Dat zou kunnen. Enfin, ik hoop dat de technische jongens nog iets gevonden hebben.' Hij boog zijn lichaam iets naar achteren en begon aan een rondje om zijn bureau.

'Was er nog geen sporenonderzoek gedaan toen jij wegging?'

'De collega's waren laat, net als de ambulance. Ik neem aan dat de meesten van hen nog onder de kerstboom zaten.'

'Dus je hebt die man daar alleen laten liggen?' Het klonk bijna verontwaardigd.

'Hij was al een tijdje dood, dus weglopen was er niet bij,' suste De Cock. 'Bovendien stond er een diender aan de deur.'

Vledder was naar zijn bureau gelopen en boog zich over zijn computer. Hij opende zijn mail. 'Er zijn nog geen uitslagen binnen.'

'Dat was ook niet te verwachten. Feestdagen.' De Cock was naar de kapstok gelopen en trok voorzichtig zijn regenjas aan. 'Den Koninghe stuurt zijn verslag ook pas na oudjaar. Maar dat betekent niet dat wij moeten stilzitten.'

'Waar gaan we heen?'

'De vrouw van het slachtoffer. De ex-vrouw. Zij heeft hem gevonden.'

De Cock had zich met moeite in de oude Golf gehesen en Vledder verzocht zijn rijstijl aan te passen aan de rugkwetsuur van zijn collega. De auto bracht hen naar de Hazenstraat, het adres dat de agent de vorige dag op een papiertje had geschreven. Vledder vond een parkeerplek op de Elandsgracht en De

Cock slaakte een zucht van verlichting toen hij zijn gekwelde lichaam weer mocht strekken en hij zijn tintelende benen de ruimte kon geven.

Anneke Pronk-Weber leek niet verbaasd toen ze de deur opendeed en de beide rechercheurs zich identificeerden. 'Ik had u al verwacht.'

De Cock schatte haar halverwege de veertig. Een kleine vrouw met een tamelijk onopvallend uiterlijk, maar met een vriendelijk, open gezicht. Het type vrouw dat zich snel wegcijfert voor een ander, dacht hij. Ze was hun voorgegaan naar de woonkamer, die opvallend onpersoonlijk was ingericht en eerder iets weg had van een toonzaal in een willekeurige woonboulevard.

Blijkbaar realiseerde Anneke Pronk zich dat. 'Ik woon hier tijdelijk. Normaal verhuren we dit pand aan expats, maar dit leek de beste oplossing toen ik bij Koen wegging.'

'Koen. Uw man, ex-man.'

De vrouw haalde een hand door haar korte, kastanjebruine haar. 'Ik kan het nog niet geloven, eerlijk gezegd.'

'Wat niet, mevrouw?'

'Dat hij dood is. Dat Koen dood is. Hij lag daar, in al dat bloed, en...' Ze had haar ogen opengesperd. Bruine ogen die smekend opkeken naar de twee mannen.

'Zullen we maar bij het begin beginnen?' vroeg De Cock goedmoedig.

'Natuurlijk. Gaat u zitten.'

'Ik blijf liever staan, dank u.'

'Thee?'

'We blijven maar even. Maar gaat u vooral zitten.'

Anneke Pronk trok een stoel naar achteren en nam plaats aan de ovale eettafel. Haar kleine, verzorgde handen legde ze voor zich op tafel. Ze spreidde de vingers van haar hand en bekeek de zachtrood gelakte nagels.

'We hadden afgesproken om te praten. Er moest nog zo veel

worden geregeld. Ik belde aan, maar toen hij na een aantal keer bellen niet opendeed gebruikte ik de sleutel.'

'U had nog een sleutel.'

'Maar Koen had liever niet dat ik die gebruikte. Hij vond dat een inbreuk op zijn...' Ze aarzelde. 'Zijn privacy.' Ze pulkte in gedachten verzonken aan de nagelriem van haar wijsvinger.

'U opende de voordeur...'

'Ik riep hem, maar hij antwoordde niet.'

'Misschien was hij de afspraak vergeten.'

'We hadden die ochtend nog gebeld om de afspraak te bevestigen. Mijn man... Koen was een man van de klok.'

'Wat dacht u toen u uw man zo zag liggen?'

De vrouw verlegde haar blik van haar handen naar De Cock. 'Toen ik hem zo zag liggen...'

'U dacht aan een misdrijf,' vulde hij voor haar in.

Ze knikte. '...al dat bloed.'

'Had u daar enige reden toe?' De vrouw keek hem vragend aan. 'Had hij een conflict met iemand?'

Ze lachte schamper. 'Met wie had hij geen conflict, kunt u beter vragen. Koen was een dwarse man, meneer De Cock.'

'Wat deed uw man voor werk?'

Anneke Pronk ging rechtop zitten en legde haar handen in haar schoot. 'We hadden oorspronkelijk een makelaarskantoor, maar de laatste jaren kochten we steeds meer panden zelf aan en exploiteerden die.' Ze zei het met een zekere trots.

'U bent de Co uit Pronk & Co.'

'Zo'n zaak bouw je niet in je eentje op, dat doe je met z'n tweeën.'

'Tot je uit elkaar gaat,' concludeerde De Cock. 'Was dat de reden waarom u met elkaar moest praten?'

'Een scheiding als deze is... tamelijk ingewikkeld. Inderdaad.'

De Cock kon zich daar iets bij voorstellen, hij had dat eerder aan de hand gehad. Als privé- en zakenleven door elkaar gingen lopen kon dat bij huwelijksperikelen grote problemen opleveren, niet zelden zonder fatale afloop.

'Werken er nog meer mensen op het kantoor?'

'Ellen van der Pas. Ons duizenddingendoekje, zeg ik weleens.' Ze lachte ondeugend. 'Zij doet de administratie en… nou ja, alles wat zich zo voordoet. En Lars natuurlijk. Maar die gaat per 1 januari weg.'

'Lars wie?' vroeg Vledder.

'Lars Weber, mijn neef. Hij is in de zaak gekomen om Koen het werk uit handen te nemen, maar dat was zelfs mij nog nooit gelukt.'

De Cock trok aan zijn oorlelletje. 'Mag ik u een impertinente vraag stellen?'

Er trok een glimlach over de lippen van de vrouw. 'U wilt weten waarom wij zijn gescheiden.' Ze haalde diep adem. 'Ik was jong toen ik met Koen trouwde. Hij was een paar jaar ouder. Een leuke jongen met ambitie. Ik had hem ontmoet bij een vriendin en het klikte. Eigenlijk vanaf het begin.' Ze zweeg en keek naar het tafelblad, alsof daar de beelden uit haar verleden af te lezen waren. 'Ik studeerde voor makelaar en hij werkte bij zijn vader, die had een administratiekantoor. Zo zijn we in het vastgoed verzeild geraakt.' Ze keek op, in haar ogen lag een treurige blik. 'Het hield uiteindelijk geen stand. Hij was steeds meer gefocust op geld. Geld, geld, geld. Daar draaide het om. Ik had bezwaren tegen zijn manier van zakendoen. Hij werd zo'n… zo'n pátser en hij vond mij…' Ze maakte haar zin niet af en schudde haar hoofd, maar De Cock begreep zo ook wel wat ze bedoelde. De vastgoedwereld was de laatste jaren verhard en er ging enorm veel geld in om.

'We groeiden uit elkaar. Misschien kwam dat ook omdat we nooit kinderen hebben kunnen krijgen. Uiteindelijk was er weinig meer wat ons bond.'

Er hing nu een bijna serene stilte in de kamer, die ruw werd verstoord door een scooter die de hoek om scheurde. Vledder liep naar het raam en keek naar buiten.

'Toen u uw man vond, dacht u aan een misdrijf,' zei De Cock zacht.

'En ik belde de politie. Ik wist niet wat ik anders moest doen. Ik was nogal in paniek. Het duurde vreselijk lang voor er eindelijk iemand kwam.'

'Twee agenten.'

'En later die dokter, die me heeft weggestuurd.' Het klonk beschuldigend.

'U was overstuur,' vergoelijkte De Cock.

'Het was vreselijk om hem zo te zien liggen. En er kwam maar niemand.' Ze keek hem weer met die smekende bruine ogen aan. 'Hebben ze hem vermoord?'

'Dat is nog niet te zeggen, mevrouw,' antwoordde hij naar waarheid. 'Het kan ook een ongelukkige val zijn geweest. Dronk uw man?'

Ze leek even in de war gebracht door de vraag. 'Eh… hij dronk wel, ja, maar niet overdreven veel. Gewoon.' Toen lichtten haar ogen op, alsof haar iets te binnen schoot. 'Hij kwam van een kerstlunch. Daarom hadden we gisterochtend nog gebeld, om de afspraak een uur te verzetten, vanwege die lunch. Daar zal hij best een borrel gedronken hebben.'

De Cock knikte en knoopte zijn regenjas dicht ten teken dat het vraaggesprek wat hem betrof wel klaar was.

Maar bij de deur schoot hem nog een vraag te binnen. 'Gebruikte uw man een wandelstok?'

'Sinds kort. Hij is aan zijn heup geopereerd en mocht hem nog niet geheel belasten. Hij had een hekel aan die stok, hij voelde zich een oude…' Ze hield zich net op tijd in en bracht geschrokken een hand naar haar mond.

Vledder grinnikte en liep naar de deur.

'Kerel,' vulde ze ten slotte aan.

'Begrijpelijk,' antwoordde De Cock, die zijn rug begon te

voelen. 'Zodra de uitslagen van het onderzoek binnen zijn zullen wij meer weten over de doodsoorzaak. We houden u daarvan op de hoogte.'

'Heel graag.'

Vledder draaide zich bij de deur nog even naar de vrouw. 'Fijne jaarwisseling,' zei hij voorkomend, wat De Cock nogal ongepast voorkwam.

'Blijf jij hier maar even wachten, ik haal de auto wel op.' Vledder liep op een holletje de Hazenstraat uit. De Cock haalde zijn telefoon tevoorschijn en zocht in het adresboek naar het nummer van Ben Kreuger, die al zo lang als hij het zich kon herinneren bij de technische recherche werkte. Misschien kon die hem meer vertellen over het technische onderzoek op de Oudezijds Voorburgwal. Zijn oude vriend nam echter niet op en liet via zijn voicemail weten dat hij niet aanwezig was. De Cock zuchtte en overwoog nog even om Den Koninghe te bellen om hem te vragen of hij al iets meer wist. Maar hij verwierp de gedachte, omdat hij wel kon raden wat het antwoord zou zijn. Tussen kerst en oud en nieuw werkte er kennelijk niemand op het lab. Hij stopte het mobieltje terug in zijn binnenzak en voelde zich machteloos.

'Zal ik je 's wat vertellen, Dick,' zei hij nadat hij met enige moeite had plaatsgenomen naast zijn chauffeur. 'Als je ooit een moord wil plegen, moet je het tussen kerst en oudjaar doen. Geen haan die er dan naar kraait!'

De grijze rechercheur, die zich net zo afgeleefd en overbodig voelde als het oude jaar, kon op dat moment niet weten dat hij blijkbaar niet de enige was die er zo over dacht!

3

De melding kwam op de laatste dag van het jaar.

Rechercheur De Cock keerde net terug van zijn bezoek aan de fysiotherapeut en werd op de drempel verwelkomd door een warme vanillegeur. Oliebollen haalden ze altijd bij de gebakskraam verderop op de brug over de gracht, maar de enige echte ouderwetse appelflappen bakte mevrouw De Cock traditiegetrouw elk jaar zelf. Hij liep de keuken in en keek tot zijn grote genoegen toe terwijl zijn vrouw de schijfjes appel met kaneel bestoof, door het beslag haalde en voorzichtig in de pan met hete olie liet glijden.

'Zou het heel erg zijn als ik er alvast eentje nam?' vroeg hij. En zonder op een antwoord te wachten pakte hij een warme appelflap van het bord en nam een hap.

'Ze zijn voor vanavond,' protesteerde zijn vrouw.

'Dan neem ik er vanavond wel eentje minder!' En hij stak de rest van de flap in zijn mond. 'Heerlijk.'

'Je praat met volle mond.'

'Heerlijk,' herhaalde hij met volle mond.

En toen ging zijn telefoon.

Dick Vledder was zijn chef langs komen halen en samen waren ze op weg gegaan naar de Vituskerk in Amsterdam-West. Vledder had een humeur om op te schieten.

'We zouden vanavond met wat vrienden bij elkaar komen,

beetje drinken en kletsen. Champagne om twaalf uur en dan naar een feest in Paradiso. Balen.'

'Ja, jammer,' zuchtte De Cock somber. 'Ik zou de avond doorbrengen met de buren.'

Vledder keek naast zich en zag dat er een sardonisch lachje speelde rond de lippen van zijn superieur.

'Misschien valt het mee, Dick, blijkt het een zaak van niks te zijn. Tillen we het over het ouwe jaar heen.'

Maar zo snel liet Vledder zich niet vermurwen. 'Ik ken jou toch.'

Hij parkeerde de Golf op de brede stoep voor de kerk, achter een ambulance en een nieuwe politieauto, een Mercedes uit de B-klasse, waar Vledder met enige jaloezie naar keek. 'Sommige collega's treffen het toch maar,' mompelde hij verongelijkt terwijl hij de sleutels van zijn oude rammelkast wegborg.

De Cock had geen oog voor de auto's en was al op weg naar de eenvoudige houten deur die toegang gaf tot de kleine kerk.

'En hij staat bij de hemelpoort!' De man die hem de weg versperde was gekleed in een lange, vlekkerige mantel en had een smal gezicht waarin twee grijze ogen fonkelden. Zijn onverzorgde haar hing slap en treurig langs zijn kaken. 'Hij staat bij de hemelpoort!' verkondigde hij nog eens met schelle stem terwijl De Cock vriendelijk knikkend in de kerk verdween.

Het was schemerig in de kerk. Langs de muren was alleen het zwakke schijnsel van de noodverlichting zichtbaar en De Cock moest zijn best doen om zijn weg te zoeken tussen de kerkbankjes, die kriskras door elkaar stonden. Achter zich hoorde hij een onderdrukte vloek van Dick Vledder, die zijn knie had gestoten aan een bankje.

'Dick!'

'Sorry.'

De Cock had de wekelijkse kerkgang al lang geleden afgeschaft, maar een beetje respect was wel op zijn plaats.

Het hoofdaltaar was beter verlicht, maar dat kwam voornamelijk door de twee filmspots die er door de forensisch rechercheurs waren neergezet om het sporenonderzoek te vergemakkelijken. De Cock beklom het altaar en in een cirkel van licht zag hij het levenloze lichaam van een jonge man. Hij lag op zijn rug op iets wat nog het meeste weg had van een oude beddensprei en was geheel in het zwart gekleed. Zwarte trui, zwarte jeans en aan zijn voeten zware zwarte kistjes. De Cock moest intuïtief denken aan de krakers met wie hij in het verleden te maken had gehad. Dokter Den Koninghe stond over het lichaam gebogen en bekeek ingespannen de zijkant van het hoofd van het slachtoffer.

'Dood, neem ik aan?' Vledder wiebelde op zijn voeten en onderdrukte een grijns. De dokter keek niet op.

'Knap dat jij dat van een afstand kunt constateren, jonge vriend. Ik heb daar jaren voor moeten studeren.' Hij kwam overeind en keek Vledder misprijzend aan. 'Maar veel leven zit er inderdaad niet meer in.' Daarna richtte hij zich tot De Cock. 'Iemand heeft hem een flinke tik op zijn hoofd gegeven, vlak boven de slaap. Ik denk niet dat het slachtoffer er veel van heeft gemerkt.'

'Enig idee van het tijdstip?'

'Het lichaam is volledig verstijfd, dus ik zou denken dat het misdrijf tussen de tien en twaalf uur geleden moet hebben plaatsgevonden.'

'Gisteravond.'

'Maar misschien ook wel iets langer, want het slachtoffer heeft geen gram vet op zijn lijf en het is ook nogal koud in dit vreselijke gebouw.'

De Cock keek over zijn schouder de kerk in en voelde door de schemerige kilte weinig van de troost die deze ruimte behoorde te schenken.

Den Koninghe trok zijn latex handschoenen uit. 'Dat vertraagt de lijkstijfheid, begrijp je.'

De Cock knikte bevestigend. 'Moordwapen?'

‘Jij gaat ervan uit dat het hier om een moord gaat.’

‘Het heeft er in ieder geval alle schijn van.’

De dokter knikte minzaam. ‘Het is inderdaad niet erg voorstelbaar dat iemand deze man per ongeluk een harde klap op de zijkant van zijn hoofd heeft gegeven.’

‘Met een hamer, zoiets?’

‘Mogelijk. Het moordwapen is nog niet aangetroffen.’

‘Daar was ik al bang voor,’ mompelde De Cock teleurgesteld.

‘Het verbaasde me overigens dat je me niet hebt gebeld,’ ging de dokter verder terwijl hij zijn tas oppakte.

‘Waarover?’

‘Je klantje van net na de kerst. Ik dacht dat je wel benieuwd zou zijn naar mijn bevindingen.’

‘Ik ging ervan uit dat er tussen kerst en oud en nieuw niet werd gewerkt.’

‘Niet door iedereen, nee.’ Om zijn smalle lippen speelde een bitter lachje. ‘En op de resultaten van de sectie zal je nog wel even moeten wachten, maar ik heb wel de eerste uitslagen van het lab.’

‘En?’

‘Volgens het bloedbeeld gebruikte hij zware medicijnen.’

‘Hij had net een nieuwe heup.’

‘Voilà.’

‘Dat is in combinatie met alcohol niet echt verstandig natuurlijk,’ vulde De Cock aan, die in gedachten het lege whiskyglas zag liggen.

Den Koninghe trok een rimpel boven zijn neus. ‘Ik kan me voorstellen dat jij dacht, net als ik, dat er alcohol in het spel moest zijn, maar daar was in het bloed niets van te merken.’

‘Geen alcohol?’ vroeg De Cock verbaasd.

‘Een te verwaarlozen promillage.’

‘De geur was anders onmiskenbaar. Ben je hier wel zeker van?’

Den Koninghe stak verontschuldigend een hand op. ‘Het zijn slechts de eerste resultaten. Na de sectie weten we meer.’

De Cock dacht even na en knikte kort. 'Goed. Dan laten we die zaak voorlopig voor wat het is en kunnen we ons geheel op dit slachtoffer richten.'

Dick Vledder was door zijn knieën gezakt en bekeek de lap stof waar de man in het zwart op lag. 'Waar ligt hij eigenlijk op?' mompelde hij.

'Een soutane, waarde vriend. Een priesterkleed. Niet geheel ongewoon in deze omgeving,' antwoordde Den Koninghe niet zonder ironie.

'Weet jij wie deze ongelukkige heeft gevonden?'

'Ik begreep dat dat de pastoor was van deze instelling.' Hij sprak dat laatste woord uit met een nauwelijks verholen minachting.

'Je hebt weinig op met het geloof, Ennaeus.'

'Integendeel, De Cock. Het geloof is een groot goed voor de mensheid, maar ook ik ben misdienaar geweest. Salut!'

Vledder keek de dokter verbaasd na. 'Wat bedoelde hij daar nou mee?'

'Ik weet niet of ik dat wel wil weten,' antwoordde De Cock, die er het zijne van dacht.

'Laten wij maar op zoek gaan naar die pastoor.'

Ze vonden de pastoor in de oude pastorie die aan de kerk was aangebouwd. Hij zat in het eenvoudige keukentje en warmde zijn handen aan een glas thee. Toen de twee rechercheurs de ruimte binnenkwamen stond hij op. Een tengere, kale man in een zwart pak met om zijn hals een priesterboordje.

'U bent van de politie?'

De oude rechercheur lachte beminnelijk. 'De Cock met cee-oo-cee-kaa. En dit is mijn collega Vledder.'

'Vrijens, Jacques Vrijens.' De Cock bespeurde een zuidelijke tongval.

'U bent de pastoor van deze kerk?'

'Was, helaas was. Ik ben met pensioen.'

'En de kerk?'

'De kerk is gesloten. Ach ja, meneer De Cock,' hij spreidde zijn bleke, smalle handen en toonde een treurig lachje, 'dat is de gesel van deze tijd, waarin alles snel snel moet en er geen plaats meer is voor contemplatie.'

Hij knikte meelevend. 'Maar toch was u hier vanmorgen aanwezig.'

'U bedoelt?'

'U was in de gesloten kerk, want u hebt, naar wij hebben begrepen, het slachtoffer aangetroffen.

'Ach ja, ja, natuurlijk.' Hij ging weer zitten en vouwde zijn handen om het theeglas.

'Woont u nog in de pastorie?' informeerde Vledder.

'Nee, nee nee. Nadat de kerk werd gesloten, en dat was een besluit van het bisdom...' Hij hield op met praten en keek weemoedig naar de thee in het glas.

'Nadat de kerk was gesloten?' moedigde De Cock hem aan.

'Ben ik bij mijn nichtje Leonie ingetrokken. Tot ik een vervangende woonruimte heb gevonden uiteraard.'

De Cock keek rond in het keukentje. In een afdruiprek op het aanrecht stonden twee kopjes en bij de broodtrommel op een tafeltje naast het aanrecht stond een halve rol beschuit.

'Maar vanmorgen kwam u weer even op bezoek.'

'Ik heb nog een sleutel en af en toe kom ik langs om een halfuurtje met mijn Heer te spreken. Ik ben een oude man, meneer De Cock, ik hecht aan mijn rituelen. En op deze laatste dag van het jaar leek het mij een goed idee om in het aangezicht van Jezus mijn zonden te overdenken.'

'Welke zonden?' vroeg Vledder plompverloren.

De pastoor leek even in de war. 'Ik bedoelde dat overdrachtelijk, ik bedoelde na te denken over het jaar dat achter ons ligt.'

'Toen trof u het slachtoffer aan.' De Cock had voorzichtig op een houten keukenstoel plaatsgenomen. De pastoor knikte. 'Enig idee hoe hij de kerk binnengekomen is?'

De oude man keek hem aan en zweeg verward.

'Kende u het slachtoffer?'

'Nou... dat is te zeggen...' En verder zei hij niets.

Vledder sloeg zijn armen over elkaar en zuchtte. 'Ik begrijp best dat u niet van "snel snel" houdt, maar als u steeds stilvalt schiet ons onderzoek niet erg op.'

De Cock zond een waarschuwende blik naar zijn jonge collega, maar die was niet van plan gas terug te nemen.

'Kende u het slachtoffer, ja of nee?'

'Ja,' antwoordde de geestelijke uiteindelijk. 'Dat wil zeggen, ik wist wie hij was, maar ik kende hem niet.' Vledder haalde adem om hem van repliek te dienen, maar Vrijens was hem voor. 'Hij heette Okke.'

'Okke wie?'

'Geen idee. Okke. Hij heeft de kerk... min of meer... gekraakt.'

De Cock knikte. 'Zoiets dacht ik al.'

'Hij had geen ander onderkomen. En hoewel de kerk officieel gesloten is, is het nog altijd Gods huis.'

'U kon hem niet wegsturen.'

'Nee, en dat wilde ik ook niet. Ook al vond ik het niet altijd makkelijk om met hem van gedachten te wisselen. Hij stond erg in zijn eigen gelijk.'

'Woonde hij hier?' De Cock wees naar de rol beschuit op het tafeltje.

'Onder anderen.'

'Hoe bedoelt u dat?'

'Er wonen hier nog twee... krakers. Sally en Jeroen, en die zijn echt uit heel ander hout gesneden, dat moet u van mij aannemen.'

'En waar zijn die Sally en Jeroen?' vroeg Vledder.

'Ik hoorde dat zij met z'n drietjes de oudejaarsavond bij haar ouders doorbrengen.'

De Cock keek de oude priester scherp aan. Maar die was

zich van niets bewust en bracht het glas met de inmiddels lauwe thee naar zijn lippen.

'Met z'n drietjes?' vroeg De Cock ten slotte.

'Ach ja, dat had ik u nog niet verteld, Sally is een paar dagen geleden bevallen van een jongetje.'

'Een kerstkind, terwijl de herberg was gesloten!' zei Vledder grinnikend.

De oude priester glimlachte. 'Ik ben in ieder geval blij dat ik ze onderdak heb kunnen bieden en ze niet zwervend over straat hoefden.'

'Hebt u enig idee waar haar ouders wonen?'

'Helaas.'

Vrijens keek op zijn horloge. 'Och heden, zo laat alweer.' Hij keek op met een verontruste blik in zijn ogen. 'Hebt u mij nog lang nodig?'

'Toen u de kerk binnenkwam en het slachtoffer zag liggen op het altaar, hebt u toen meteen de politie gebeld?'

'Inderdaad.'

'En verder niets aangeraakt?'

'Ik was in shock!'

'Begrijpelijk. Dan heb ik u op dit moment niets meer te vragen. Het zou fijn zijn als u voor ons het adres van uw nichtje op zou willen schrijven.'

'Met alle soorten van genoegen.'

De Cock gaf Vledder een teken en die legde zijn opschrijfboekje en pen voor de pastoor op tafel.

'Dan kan ik nu naar mijn volgende afspraak,' zei hij terwijl hij het adres opschreef. 'Ik moet namelijk nog een dodenmis voorbereiden. Alstublieft.' Hij gaf Vledder zijn boekje terug en stond op.

'Zelfs nu u gepensioneerd bent?' informeerde De Cock.

'Het is een uitzondering, een bijzonder geval. En ook een treurig geval. Koen is hier zelfs nog gedoopt, in deze zelfde kerk.'

Bij De Cock rinkelde een klein belletje. 'Koen?'

'Ja. Misschien hebt u van het geval gehoord, Koen Pronk.'

4

'Jij zegt altijd dat toeval niet bestaat, maar tjonge... wat een toeval!' Vledder haalde een hand door zijn haar en keek naar zijn chef, die in gedachten verzonken door de voorruit van de oude Golf tuurde.

'Vind je ook niet?'

De Cock schrok op uit zijn gedachten. 'Wat?'

'Dat het wel...' Vledder zuchtte en nam gas terug voor het stoplicht. 'Laat maar, het is niet van belang.'

De Cock nam er verder ook geen notitie van. Zijn aandacht was elders. Het hele geval van de dode kraker zat hem niet lekker. Aangetroffen in een kille kerk, hoogstwaarschijnlijk om het leven gebracht, en voorlopig was het onbekend wie hij was of waar hij vandaan kwam. Op het lichaam was geen portefeuille aangetroffen, laat staan een rijbewijs of een ander document waarmee de identiteit van het slachtoffer had kunnen worden vastgesteld. En de grijze rechercheur had niet het gevoel dat de wereld zich erom bekommerde. Iedereen was voornamelijk bezig met het einde van het jaar. Een einde dat de dode Okke net niet had gehaald.

'Heb jij die man nog gezien, die voor de deur van de kerk stond?'

'Die zwerver?'

'Dat weet je niet, Dick.'

'Hij zag eruit als een zwerver,' verdedigde Vledder zich. 'En volgens mij was hij ook goed van het padje af. Maar nee, ik heb hem niet meer gezien.'

'Jammer. Misschien staat hij daar vaker en had hij ons bijvoorbeeld iets meer kunnen vertellen over wie er zoal in die lege kerk komen.' De Cock ging iets verzitten om zijn rug meer ruimte te geven.

'Ik neem niet aan dat de moordenaar na zijn daad lang in de kerk is blijven hangen,' schamperde Vledder.

'Nee, niet zoals die kraker. Maar de vraag is... waarom was hij daar?'

'Okke?'

'Nee, de moordenaar. Wat deed hij daar? Wat is er gisteravond gebeurd dat aanleiding gaf tot deze noodlottige afloop?'

De Cock draaide zijn hoofd af en trok zich weer terug in zijn eigen gedachten, terwijl Vledder zijn aandacht richtte op het drukke verkeer.

'Misschien had Okke hem betrapt,' opperde Vledder na een tijdje.

'Betrapt? Waarop?'

'Misschien had die gast iets gepikt. Dat hoor je wel vaker, dat verlaten kerken worden leeggeroofd. Okke betrapt hem, er ontstaat een ruzie, ze beginnen te vechten en... Nou ja, de rest is bekend.'

De Cock overdacht het beeld dat Vledder had geschetst. 'Zou kunnen,' besloot hij uiteindelijk. 'Laten we niet vergeten aan de pastoor te vragen of er zich nog kostbaarheden of relikwieën in de kerk bevinden, of er een reden zou zijn geweest om in te breken. En zet mij er hier maar uit, dan loop ik het laatste stukje naar het bureau. Beter voor de rug.'

Het was vooral het theatrale beeld dat hem bezighield. De in het zwart geklede kraker die pontificaal voor het hoofdaltaar lag. Op een uitgespreide soutane. Als een soort offer aan de goden. Maar waarvoor moest hij dan worden geofferd? En waarom juist hij? Hij was bang dat de antwoorden op deze vragen zouden moeten wachten tot het nieuwe jaar.

'Binnen.'

De Cock opende de deur en liep de kamer van commissaris Buitendam binnen. De commissaris knoopte net zijn uniformjasje dicht en had zijn tas al bij de deur gezet.

'U staat op het punt van vertrekken.'

'Zeker, maar kom erin. Neem een oliebol.' Hij wees op het schaaltje met oliebollen dat op zijn bureau stond. 'Het hoofdbureau heeft ze laten rondbrengen. Bijzonder attent.'

'Ik wilde u nog even op de hoogte brengen...'

'Van die dode in de kerk?' vulde Buitendam alert aan. De Cock fronste zijn wenkbrauwen. 'U bent al op de hoogte?'

'Dit soort nieuws verspreidt zich snel. Ik kreeg een telefoontje van het OM, die zijn doorgaans niet blij met dit soort moorden. Was het de priester?'

'Pardon?'

'Het slachtoffer.'

'Nee.'

Buitendam haalde opgelucht adem. 'Gelukkig.' Hij keek in het verbaasde gezicht van De Cock. 'Dan kan ik het OM geruststellen. Een moord op een priester trekt de aandacht van de pers. Voor je het weet schepen ze ons op met een terroristische daad.'

De Cock was perplex. 'U loopt wel hard van stapel.'

'Zo werken de media tegenwoordig nou eenmaal.' De commissaris lachte vergenoegd, als een man van de wereld die je niets op de mouw hoefde te spelden. Maar dat was De Cock ook niet van plan.

'Het slachtoffer is een kraker, een mens van vlees en bloed. Geen priester inderdaad, maar dat maakt het voorval er niet minder erg om.'

'Natuurlijk niet, natuurlijk niet. Weet je zeker dat je geen oliebol wil?' Hij liep naar de deur en nam zijn tas op. 'Mijn vrouw zit te wachten. Wij vieren oud en nieuw in een hotel.'

'Ik dacht, ik breng u even op de hoogte.'

'Wordt op prijs gesteld.' De commissaris snelde terug naar zijn bureau en knipte het bureaulampje uit. 'En jij ook een prettige avond, vanavond. Eruit, De Cock!'

Dick Vledder zat achter zijn bureau en nam een hap van een oliebol. Hij trok een misprijzend gezicht en gooide het restant van de bol in zijn prullenbak.

'Dat is wel erg ondankbaar naar het hoofdbureau toe,' merkte De Cock op toen hij de grote recherchekamer binnenkwam.

'Moeten ze maar geen oudbakken fabrieksbollen neerzetten,' mokte zijn assistent.

'Het is ook nooit goed,' zuchtte De Cock meewarig. Vledder keek hem even argwanend aan, maar zag toen de ironische glimlach om zijn lippen.

'Buitendam probeerde ze mij ook al aan te smeren, ik heb bedankt. Hij was overigens al op de hoogte van de moord in de Vituskerk.'

'Zo!'

'Het OM had hem gebeld, of er geen terrorisme in het spel was.' Hij schudde in onbegrip zijn hoofd.

Vledder bette zijn lippen met een servetje en nam een slok water om de vettige nasmaak van de oliebol weg te spoelen. 'Die Vituskerk,' begon hij en hij had meteen de aandacht van De Cock. 'Die valt onder het bisdom Haarlem-Amsterdam. Ik heb ze gebeld.'

'Mooi! En?'

'Geen gehoor. Zelfs God is met vakantie tussen kerst en oud en nieuw.'

De Cock keek geërgerd op. 'Ik denk dat God nooit vakantie heeft, Dick, maar Zijn veldwerkers hebben gewoon een cao, zoals elke andere werknemer in ons land.'

Net toen hij overwoog om achter zijn bureau te gaan zitten, kreeg hij een whatsappje van zijn vrouw: *Vergeet de champagne niet!*

'Een geheim bericht?' informeerde Vledder langs zijn neus weg.

'Of ik de champagne niet vergeet.' Hij liet de gedachte varen om te gaan zitten en liep naar de deur. 'Laten we er voor dit jaar maar een punt achter zetten, Dick. De mensheid is met haar hoofd heel ergens anders. Een moord komt nu niet erg gelegen.' Het klonk melodramatisch en Vledder kreeg bijna medelijden met zijn oude leermeester. Maar hij zette toch enigszins opgelucht zijn computer uit.

Van het oude jaar was knallend afscheid genomen en de eerste dag van het nieuwe jaar had zich net zo grijs aangediend als de laatste dag van zijn voorganger. Toen De Cock op de tweede dag van het jaar zijn ogen opende kon hij tot zijn opluchting constateren dat de feestdagen voorbij waren. Hij mocht weer aan het werk en dat werd ook wel tijd, want het beeld van de dode kraker voor het altaar had hem de afgelopen twee dagen niet losgelaten. Hij constateerde tevreden dat zijn rug hem minder last bezorgde dan de afgelopen dagen en toen hij de buitenlucht in stapte merkte hij dat ook de zon met animo aan het nieuwe jaar was begonnen.

In de grote recherchekamer had Appie Keizer het hoogste woord. Hij had de kerstdagen met zijn gezin op Schiermonnikoog doorgebracht en stelde daar zijn collega Vledder luidkeels van op de hoogte.

'Ze hebben twee agenten op het eiland, twee! En die zitten de hele dag achter hun computer, spelletjes te spelen. Ik zweer het je. Nou ja, soms moeten ze achter een losgebroken geit aan, maar dan hebben ze een drukke dag gehad!'

Dick Vledder schudde van het lachen. 'Geef mij zo'n baantje!'

De Cock ergerde zich aan het simpele beeld en voelde de behoefte om het voor de collega's op Schier op te nemen. 'Ik vermoed dat ze in de zomer op de Wadden hun handen vol hebben.'

'Zes weken tijdens de vakantie en voor de rest van de tijd mag je wat voor jezelf doen,' lachte Keizer. 'Zo haal je je pensioen wel!'

De Cock schudde misprijzend zijn hoofd. 'Kom op, Dick, wij hebben wel iets anders te doen dan dit soort sterke vakantieverhalen door te nemen. Ik hoop vandaag eindelijk weer eens iemand te spreken te krijgen.'

Vledder duwde zijn stoel naar achteren. 'Ik heb Ap al op de hoogte gebracht.'

'Mooi, dan kan jij op zoek naar de achtergrond van het slachtoffer, Ap.'

Keizer staarde ongelukkig naar zijn computerscherm. 'Ik heb alleen zijn voornaam, Okke.'

Vledder sloeg hem vriendschappelijk op de schouder. 'Als je een makkelijk baantje wil, had je beter op de Wadden kunnen blijven!'

Toen ze de auto voor de kerk parkeerden zagen ze de haveloze man weer staan. Hij stond in een hoekje bij de deur en draaide een sjekkie, terwijl hij zacht in zichzelf mompelde. De Cock liep naar hem toe, maar de man leek hem niet op te merken. Dus kuchte hij nadrukkelijk en tikte hem uiteindelijk op de arm.

De man draaide zich met een ruk om naar de twee rechercheurs. 'Hij staat bij de poort en wacht op u, weet dat wel!'

'En u?' vroeg De Cock bedaard. 'Staat u ook aan de poort?'

De man keek hem aan, er lag een verdwaasde blik in zijn grijze ogen. 'Ik... verkondig het woord van de Heer.'

'Staat u hier vaker bij de deur?'

De man liet zijn stem zakken en boog iets naar voren. Alsof

hij een geheim kwijt moest. 'Dit is het lege huis van de Heer. Verkwanseld aan de heidenen. Maar de dag van vergelding komt ook voor hen! En Hij staat bij de poort!'

Vledder had genoeg van het geraaskal en trok De Cock aan de mouw van zijn jas. Maar die was nog niet klaar met de zonderling. 'Wij zijn van de politie en willen u graag een vraag stellen. Staat u hier vaker?'

'Want het staat allemaal geschreven!' De man keek omhoog naar de blauwe hemel, terwijl hij zijn trillende handen naast zijn oren bracht. 'Het staat allemaal geschreven!' Hij draaide zich af, alsof hij weg wilde lopen.

'Verwerf de waarheid en verkwansel haar niet,' sprak De Cock gezaghebbend. 'Spreuken 23,' voegde hij er voor de zekerheid aan toe.

De man keek hem over zijn schouder aan en de verdwaasde blik in zijn ogen maakte plaats voor herkenning. Toen betrok zijn gezicht. Hij stak een knokige wijsvinger op. De nagel was afgebroken en nicotinegeel. 'Het is Okke. Pas op voor Okke! En heb je een euro voor me voor een bakkie koffie?' vroeg hij in één moeite door. De Cock groef in de zakken van zijn versleten regenjas en vond een verdwaald muntstuk van vijftig cent. Daar deed de excentrieke figuur het ook voor.

Het was nog even kil in de kerk als een paar dagen daarvoor, maar nu het zonlicht door de ramen scheen was het er wel minder somber. Het was een eenvoudige kerk, gebouwd in de eerste helft van de vorige eeuw, toen spaarzaamheid nog een deugd was. De banken stonden nog steeds schots en scheef in de ruimte die naar het altaar leidde. Bij de dwarsbeuk stonden een aantal hoge kandelaars met stompen van kaarsen erop, die er ooit tijdens de zondagse mis moesten hebben gebrand. Te zien aan de staat waarin de kerk verkeerde moest dat alweer een tijdje geleden zijn. Bij het hoofdaltaar waren geen sporen meer te zien van het onderzoek dat een paar dagen eerder had plaatsgevonden. De leegte van het gebouw was deprimerend. De Cock moest denken aan het zondagse kerkbezoek uit zijn jeugd. Toen de kerk twee keer per dag vol zat en het gezang van de kerkgangers tot buiten de dikke muren te horen was en de spookachtige schaduwen die de flakkerende kaarsen op de muren wierpen een grillige illustratie leken van de donderpreken van de dominee. Maar hier was niets van dat alles. Een lege huls in de vorm van een kerkgebouw.

'Hé, jullie daar!'

De Cock en Vledder keken betrapt om. Bij de zijdeur die naar de pastorie leidde stond een stevige jonge man, gekleed in een geruit hemd en spijkerbroek, zijn voeten in groene kaplaarzen gestoken. Hij hield met twee handen een voorhamer vast.

'Wat moet dat verdomme hier?'

5

'Recherche.' De Cock groef in zijn binnenzak en diepte zijn identificatie op. 'Mag ik u vragen wat u hier doet?'

'Ik woon hier. Hoezo?' De argwaan bij de man was nog niet verdwenen.

'Ah!' Vledder raadpleegde zijn notitieboekje. 'Dan ben jij Jeroen.'

'Zeg, wat is dit?' Hij deed een stap naar voren en liet de kop van de hamer naar de vloer zakken.

'Mag ik vragen naar je achternaam?'

'Kemper.'

'Kemper, Jeroen Kemper,' herhaalde Vledder terwijl hij de naam in het boekje schreef.

'En ik weet nog steeds niet wat u hier komt doen!'

'Je weet niet wat er zich hier heeft afgespeeld?' vroeg De Cock.

'Nee.'

De Cock wees naar de deur achter de jonge man. 'Misschien kunnen we beter even naar de keuken gaan.'

Jeroen keek over zijn schouder en daarna weer verbaasd naar hem. 'U kent hier blijkbaar de weg.'

'Wij zijn hier eerder geweest. Ga jij voor?'

De Cock en Vledder hadden plaatsgenomen aan de keukentafel en Jeroen stond bij het fornuis en goot vanuit een ketel water op de koffie. 'Okke.' Er klonk ongeloof in zijn stem. 'Ik sprak hem nog op de ochtend van oud en nieuw. Ik vroeg wat hij ging doen.' Hij schonk weer wat heet water bij.

'Wat ging hij doen?' wilde De Cock weten.

Jeroen draaide zich om naar de rechercheurs. 'Niks. Hij geloofde niet in die onzin, zei hij.' Hij glimlachte bij de herinnering. '"Oud jaar, nieuw jaar, het is allemaal dezelfde teringzooi." Zo zei hij dat. Hij bleef in de kerk.'

'En jij?'

'Sally en ik zijn met de kleine naar de ouders van Sally gegaan. We zijn gistermiddag teruggekomen.'

'Sally is hier ook?'

'In de slaapkamer.' Hij knikte met zijn hoofd naar het plafond. 'Ze moet nog veel rusten na de bevalling. Maar wat ik me afvraag...'

'Ja?'

'Wie heeft Okke gevonden?'

'Wij kregen de melding van pastoor Vrijens.'

'Vrijens, natuurlijk. Die komt hier regelmatig kijken of we de boel wel heel houden.'

Vledder schoot in de lach. 'Er valt hier niet veel kapot te maken, lijkt me.'

Jeroen opende het keukenkastje boven het aanrecht en haalde er drie koffiebekers uit. 'Hij heeft tientallen jaren in de Vitus gewerkt, het was zijn kerk als het ware, dus ik begrijp dat wel. Het is ook niet erg. Meestal zit hij een halfuurtje te mediteren, drinkt hier een kop koffie en gaat weer naar zijn nicht. U weet dat hij bij zijn nicht inwoont?'

'Hij heeft ons dat verteld, ja,' antwoordde De Cock. 'Hoelang wonen jullie hier al?'

'Sally en ik zijn hier een paar maanden voor kerst ingetrokken. We woonden met z'n tweeën op haar studentenkamer, maar ja, toen raakte ze zwanger en toen...'

'Toen moesten jullie op zoek naar een andere woonruimte,' sprak De Cock begripvol.

'En kom daar maar eens om in Amsterdam.' Hij klonk niet bitter, eerder teleurgesteld. 'Via via hoorden we dat deze kerk leegstond en toen hebben we de pastorie gekraakt.'

'Woonde Okke hier al?' wilde Vledder weten.

'Okke? Nee, die kwam pas later. Die lag ineens te slapen op een bankje in de kerk.'

'En is toen maar gebleven?'

'Hij had geen dak boven zijn hoofd en was niemand tot last. Aanvankelijk.' Jeroen draaide zich af en besloot dat er genoeg water op de koffie was gegoten. Maar de toevoeging was De Cock niet ontgaan.

'Aanvankelijk?'

Jeroen zweeg en schonk de bekers vol. Uit een ander kastje pakte hij een pot poedermelk en suiker.

'Jeroen?'

'Okke was... Ach, nou ja, van de doden niets dan goeds. Dat zeggen ze toch.' Hij probeerde monter te glimlachen. 'Okke was Okke. Niet altijd even gemakkelijk, maar hij deed verder niemand kwaad.'

'Hij is hier anders wel vermoord aangetroffen,' bracht Vledder plompverloren in het midden.

Jeroen lepelde melkpoeder en suiker bij zijn koffie en roerde in de koffiebeker. 'Ik begrijp dat u op zoek bent naar het hoe en waarom van deze moord. Dat is uw beroep. Maar ik kan u hier echt niet verder mee helpen.'

De keukendeur ging open en een frêle jonge vrouw kwam binnen. Ze was gekleed in een ruime trui die halverwege haar spijkerbroek hing, waardoor ze nog kleiner leek dan ze was. Haar korte haar was ravenzwart geverfd en ze had de grootste bruine ogen die Vledder ooit had gezien.

'Goedemorgen,' zei ze aarzelend maar beleefd, terwijl de blik in haar ogen verraadde dat ze zich afvroeg wat deze vreemde mannen aan haar keukentafel deden. 'Ik dacht dat ik de vroedvrouw hoorde...'

De Cock stelde Vledder en zichzelf voor, terwijl Jeroen haar vertelde wat er zich in de kerk had afgespeeld.

'Okke?'

'Ze hebben hem dood aangetroffen voor het hoofdaltaar,' vulde Jeroen aan. Sally sloeg haar handen voor haar mond en liet zich op een keukenstoel zakken. Haar bruine ogen vulden zich met tranen. Vledder twijfelde niet aan de oprechtheid van de jonge vrouw, maar het beeld deed hem denken aan een scène uit een film. Zoals deze hele zaak hem nogal onwerkelijk voorkwam.

'Koffie?' vroeg haar man zacht. Ze schudde haar hoofd en zocht naar iets om haar tranen te drogen. Jeroen trok een keukenlaatje open en gaf haar een pakje tissues aan.

'Weet u al wat er is gebeurd?'

De Cock roerde in zijn beker. 'Dat proberen wij nu uit te zoeken. We zouden bijvoorbeeld wel iets meer willen weten over Okke. We hebben bij hem geen portefeuille of iets dergelijks aangetroffen.'

'Roofmoord?'

De Cock keek verbaasd in de opengesperde ogen van Sally.

'Viel er dan iets te halen bij Okke?' vroeg Vledder voor De Cock kon reageren.

Sally knipperde met haar ogen. 'Dat denk ik niet, nee.'

'Okke droeg zijn papieren nooit bij zich,' zei Jeroen. 'Hij was ooit een keer alles kwijtgeraakt tijdens een opstootje in de stad en sindsdien verborg hij zijn spulletjes op een veilige plek.'

'Ook hier in de kerk?'

Jeroen knikte.

'En jij weet waar?'

Jeroen bracht hen naar een nis in de kooromgang achter het altaar. De opening in de muur werd gesierd door een kruisbeeld en op het marmeren plateautje daaronder stond een houten kistje waar in vroeger tijd wellicht een relikwie in had gezeten. Jeroen pakte het kistje en maakte het open. Hij haalde er een bundeltje uit dat met een elastiekje bijeengehouden werd.

'Dit waren zijn bezittingen.' Het klonk treurig en wat De Cock betrof was dat het ook. Alles wat de man had bezeten paste in één hand. Niet veel om voor te leven, nog minder om voor te sterven. Onbewust viel zijn oog op de Christusfiguur in de nis.

'De Cock.' Vledder had een plastic bewijszakje tevoorschijn gehaald en hield het met twee handen open. De Cock liet er het papieren pakketje in glijden.

'Dit helpt ons in ieder geval wat verder op weg.'

Jeroen zette het kistje weer op zijn plek onder het kruisbeeld.

'Nog een vraag, was men op de hoogte van jullie verblijf in de kerk?'

'Wij hebben de woning met toestemming gekraakt, als u dat bedoelt. Sally en ik zijn een soort antikraak. Zolang wij hier zitten kunnen we een oogje op de kerk houden.'

Vledder had de spaarzame bezittingen van Okke uitgespreid op zijn bureau. Het belangrijkste daarvan was de identiteitskaart. De foto van de jongeman op de kaart leek nauwelijks op de foto die Vledder met zijn telefoon van de dode Okke had genomen.

'Okke Koops, geboren in 1995 te Dokkum,' las De Cock.

'Friesland,' voegde Keizer daaraan toe.

'Goed opgelet op school!' Vledder klopte zijn collega bewonderend op de schouder, maar Keizer negeerde de cynische opmerking.

'Heb je ook het burgerservicenummer?'

De Cock gaf hem het plastic kaartje.

'Hier heb ik tenminste iets aan,' zei Keizer tevreden en hij liet zijn vingers over het toetsenbord van zijn computer dansen.

De Cock inspecteerde de rest van de bezittingen van Okke Koops. Het was al met al niet veel. Een foto met twee oudere mensen. Zijn ouders? Grootouders? Een briefje van tien en een van vijf euro in een plastic mapje waarin hij ook een mobieltje aantrof.

'Deze lijkt me nogal bejaard.' Hij overhandigde het telefoontje aan Vledder, die het met een geamuseerde blik bekeek.

'Hier kun je alleen maar mee telefoneren,' sprak hij oprecht verbaasd.

'Daar was de telefoon ook voor bedoeld,' merkte De Cock droog op.

'Hij is zo dood als een pier, waarschijnlijk is de batterij op. Zit er geen oplader bij?'

De Cock keek tussen de spaarzame spullen van Okke. 'Nee.'

'De jongens van de technische dienst kunnen daar meestal nog wel wat mee,' zei Keizer. 'Ik geef het straks wel even af.' En hij richtte zijn aandacht weer op het computerscherm.

De Cock vond nog een opgevouwen papiertje, dat uit een schriftje leek gescheurd. Er stonden een aantal 06-nummers op en het nummer 0800-7000, dat hem bekend voorkwam. 'Trek deze nummers na, Dick, en waar kennen wij dit nummer ook weer van?' Hij tikte met zijn wijsvinger op het 0800-nummer.

'Dat is de kliklijn. Wat moest die gast nou met het nummer van de kliklijn?'

'Dat is de vraag,' mompelde De Cock, terwijl hij ineens moest denken aan de woorden van de zonderling voor de kerkdeur: *Pas op voor Okke!*

'Ik heb nieuws over ons slachtoffer,' meldde Keizer monter.

'Vertel.'

'Okke Koops is namelijk bij ons bekend, aantekening op zijn strafblad. Hij is veroordeeld tot tachtig uur werkstraf.'

'Waarvoor?'

'Wacht even, moet ik even doorlinken. Eh… hier: hij heeft

een steen door een etalageruit gegooid, een politiehond geschopt en niet nader omschreven geweld gebruikt tijdens de ontruiming van een pand aan de Da Costakade.'

'Wanneer was dat, die ontruiming?'

'Volgens het verbaal was dat mei vorig jaar.'

De Cock dacht even diep na. 'Ging dat niet om een krakersbolwerk?'

'Dat staat er niet bij, maar het zou me niets verbazen. Het is ook het enige wat ik over hem terugvind, want hij staat voor de rest nergens ingeschreven.'

'De sociale dienst?' opperde Vledder.

'Niks.'

'Waar leefde hij dan van?'

De Cock zette zijn hoedje op zijn hoofd. 'Blijf zoeken naar aanknopingspunten. Ap, bel jij de collega's in Dokkum en vraag of zij de ouders inlichten. En Dick, vergeet het bisdom niet te bellen.'

'Waar ga jij heen?'

'Ik ga eens kijken of dokter Rusteloos ons al iets meer kan vertellen, of dat ze nog steeds op vakantie zijn daar!'

Dick Vledder dook in zijn aantekeningen, blij dat hij niet mee hoefde naar wat hij buiten het gehoor van De Cock 'de slagerij van Rusteloos' placht te noemen.

'En de beste wensen, De Cock.' Dokter Rusteloos was in een uitstekend humeur. De achterstand die hij aan het eind van het vorige jaar had opgelopen was, door de relatief rustige kerstperiode, weggewerkt. 'Ik heb zelfs kans gezien jouw twee klantjes te onderzoeken. Even kijken...' Hij ploegde door de papieren chaos op zijn bureau op zoek naar de aantekeningen die hij had gemaakt voor zijn assistent.

'Kijk aan!' Hij zette zijn bril op zijn voorhoofd en bestudeerde de aantekeningen. 'Coenraad Maria Pronk, zie ik hier staan. Lelijk terechtgekomen met zijn hoofd op een glazen tafeltje. Glas in het hoofd, waarbij een flink stuk de achterkant van het hoofd is binnengedrongen.' Hij keek op. 'Dat heeft een kleine ravage veroorzaakt in de zenuwen.'

'Kan hier opzet in het spel zijn geweest?'

'Ik heb verder geen onnatuurlijke afwijkingen geconstateerd. Een lelijke kras op zijn kin, maar die kan net zo goed van het scheren zijn gekomen. En als ik de resultaten van het lab bekijk, slikte hij heftige pijnstillers.'

'Hij had een nieuwe heup.'

'Ha, dat was jou dus ook opgevallen!' De dokter keek verheugd op. 'Maar ik zou je de chirurg die de heup erin heeft gezet niet aanraden. Broddelwerk.'

De Cock fronste zijn voorhoofd. 'Had hij daar last van?'

'Vast en zeker. Kom, je andere klantje ligt nog op de tafel! Als het goed is hebben ze hem net dichtgemaakt!'

Dokter Rusteloos sloeg het laken terug dat de assistent over Okke Koops had gelegd nadat het onderzoek op het lichaam was afgerond.

'Een schriel mannetje, ik denk niet dat hij een echt gezond leven leidde. We hebben sporen van flunitrazepam aangetroffen.' De Cock keek hem vragend aan. 'Rohypnol. Maar ik denk dat ik elke andere drug had kunnen aantreffen. Deze jongeman was ernstig verslaafd. Nog net niet ondervoed, maar veel scheelt het niet. Een zeer bleke lichaamskleur, dus ik vermoed een majeur vitaminetekort. Enige leverschade, maar dat zal je niet verbazen, en één nier werkte maar half.'

'Maar dat was niet de doodsoorzaak.'

'Nee, zeker niet. Dat was dit.' Hij draaide het hoofd een kwartslag en De Cock zag een kaalgeschoren stuk hoofd waar een forse deuk in zat.

'Een cirkelvormige breuk. Het is een forse klap geweest met een stomp voorwerp.'

'Een hamer?' vroeg De Cock terwijl hij aan Jeroen dacht die

met een voorhamer in de deuropening van de pastorie had gestaan.

'Kan. Het was een forse klap, ik heb een epidurale bloeding geconstateerd en een kneuzing van de hersenen onder dit gebied. Hier was zonder enige twijfel sprake van opzet.'

Toen De Cock de grote recherchekamer betrad zaten Vledder en Keizer ingespannen naar hun beeldschermen te turen. Hij bromde goedkeurend, als een bovenmeester die tevreden constateert dat de klas hard aan het werk is. De telefoon op zijn bureau verstoorde de rust.

'De Cock.'

'Je spreekt met Tuinman, politie Dokkum. Ik ben gebeld door een collega van jou over Okke Koops. Of ik even bij de familie langs wilde gaan.'

'Ja. En?' reageerde hij kortaf. Hij had een hekel aan mensen die hij niet kende en die hem ongevraagd tutoyeerden.

'Ik kende de familie toevallig. Je moet weten, De Cock, dat die Okke al heel vroeg een lastig mannetje was. Hoe vaak die al niet is weggelopen. Man! In het begin haalde ik hem nog wel op, maar later liet ik het maar lopen. Hij was niet te houden. Op school ook niet. Treurig geval, wil je dat wel geloven?' De oprechte toon van de politieman aan de andere kant van de lijn verzachtte het gemoed van de grijze rechercheur.

'Ik kan me daar iets bij voorstellen. Moet voor de ouders niet gemakkelijk zijn geweest.'

'Zeker niet. De enige zoon. Dat is een teleurstelling, hoor, voor die hardwerkende mensen.'

'Hoe reageerden ze op zijn overlijden?'

'Het is stil verdriet. Ze janken zich hier niet de ogen uit de kop. Bovendien hadden ze al jaren geen contact meer. Dieptreurig, wat jij?'

'Zeker. Ik zal laten weten wanneer het lichaam wordt vrijgegeven.'

'Dat zou fijn zijn, De Cock.'

'Dank je wel, Tuinman, voor de moeite.'

'Graag gedaan, jong, *Oant sjen*.'

Het gesprek werd afgebroken en De Cock tuurde in zichzelf gekeerd uit het raam achter zijn bureau. *Pas op voor Okke!* Dat had de zonderling gezegd. Maar waarvoor moest worden opgepast?

'De Cock?' Vledder leunde voorover over zijn bureau en keek ontdaan naar het telefoontoestel waar hij net de hoorn op had gelegd. 'Terwijl jij zat te bellen, belde ik met het bisdom Haarlem-Amsterdam.'

'Ah, ja! Die namen dus de telefoon weer op.'

'Ja, en ze hadden gehoord van de moord in de Vituskerk, maar... die is niet meer van hen.'

'Pardon?'

'Volgens de woordvoerder van de...' hij raadpleegde zijn notities, '...vicaris is de kerk al een jaar geleden afgestoten.'

'Ze hebben de kerk verkocht. Aan wie?'

'Ja, dat is nou het vreemde. Ze hebben hem verkocht aan Pronk. Koen Pronk!'

6

De Cock nam plaats op de rand van zijn bureau. 'Hier heb je het antwoord op je vraag, Dick.'

'Welke vraag?'

'Je vroeg me een dag of wat geleden of ik in het toeval geloof.'

'Je had me dus toch gehoord,' antwoordde Vledder licht verongelijkt.

'Op de dag na kerst wordt er een dode man aangetroffen, Pronk, van wie wij aannemen dat hij is gevallen en met zijn hoofd op een glazen tafeltje terecht is gekomen. Een paar dagen daarna, op oudjaar, treffen wij in de Vituskerk een kraker aan die overduidelijk is vermoord.' De Cock was van zijn bureau opgestaan en ijsbeerde door de ruimte. Hij sprak niet zozeer tot zijn collega's als wel tot zichzelf om de gebeurtenissen van de afgelopen dagen op een rijtje te krijgen. 'Die vermoorde man is gevonden door de voormalige pastoor van de kerk, pater Vrijens, die de dode Pronk goed heeft gekend. En dan blijkt vervolgens dat diezelfde Pronk de eigenaar van de kerk was.'

Hij stond stil bij de deur en tuurde de gang in, alsof hij daar iemand verwachtte die hem opheldering kon verschaffen over deze zaak. Maar buiten een kale diender, die joviaal naar hem zwaaide alvorens hij het toilet binnenliep, was er niemand te zien. De Cock draaide zich in de deuropening om en stak zijn handen in zijn zakken. Hij keek Vledder aan, zonder hem werkelijk te zien.

'Wat heeft er plaatsgevonden in die dagen tussen kerst en oudjaar?'

Er viel een stilte. Vledder schoof ongemakkelijk op zijn stoel. 'Is dat een vraag?'

'Jazeker.' De Cock liep naar de kapstok en trok zijn regenjas aan. 'En naar het antwoord moeten wij nu op zoek.'

De deur van het smalle herenhuis aan de Oudezijds Voorburgwal werd opengedaan door een jonge vrouw die met een schichtige blik naar de twee heren keek die op de stoep stonden. 'We zijn gesloten,' zei ze verontschuldigend.

'Mijn naam is De Cock, met cee-oo-cee-kaa, en dit is mijn collega Vledder. Wij zijn van de recherche.' Hij toonde zijn ID. De jonge vrouw zei niets en maakte ook geen aanstalten om de twee rechercheurs binnen te laten. Ze keek schrikachtig van De Cock naar Vledder en terug.

'Wij zijn belast met het onderzoek naar de dood van de heer Pronk en zagen graag nog wat vragen beantwoord.'

'Ik weet niet of ik u helpen kan,' sprak ze met een pieperig stemmetje.

'Ik neem aan dat u Ellen van der Pas bent,' sprak De Cock vaderlijk.

Haar wenkbrauwen schoten omhoog.

'Dan kunt u ons vast wel over het een en ander inlichten.'

Ze deed een stapje terug en opende de deur voor de twee bezoekers.

De schuifdeuren van de kamer en suite waren gesloten. Blijkbaar was het de bedoeling dat alleen de achterkamer werd gebruikt als kantoor. Ze liep meteen door naar de twee aaneen geschoven bureaus en nam plaats achter haar computer.

'Mevrouw Pronk heeft me gevraagd om gewoon aan het werk te gaan.'

'Dat moet niet gemakkelijk voor u zijn.'

'Het werk gaat door. Van diverse panden komt nu de huur binnen en we moeten zelf natuurlijk ook...' Midden in de zin stopte ze met praten. Ze keek over haar computer heen naar de muur tegenover de bureaus. 'Hij had net een nieuwe heup,' zei ze zacht, alsof ze het alsnog zonde van de ingreep vond.

'Wij hebben eigenlijk maar één vraag, mevrouw Van der Pas, wat weet u van de Vituskerk?'

'De kerk? Niets. Ik ben er nooit geweest.'

'U weet dat heer Pronk de kerk heeft gekocht.'

'Ja, natuurlijk.' Ze leek even beledigd, alsof haar beroepseer in twijfel werd getrokken. 'Maar meneer Pronk kocht wel vaker panden, dat ging hij echt niet aan mij vragen.'

Vledder schoot in de lach door de verongelijkte toon van de vrouw en mompelde meteen een excuus. 'Sorry.'

'Maar een kerk, mevrouw Van der Pas, dat was toch niet iets wat hij elke dag kocht? Sprak hij daar niet over?'

'Niet met mij.'

Er klonk gestommel op de gang. 'Verdomme, El, ik krijg die rottige kluis niet open!'

Ellen van der Pas sloot haar ogen net toen de deur werd opengegooid en er een jongeman kwam binnengestormd. 'We moeten die fucking sleutel...' Toen hij De Cock zag hield hij abrupt stil.

'Welke kluis krijgt u niet open en wat zocht u daar, als ik vragen mag?' De Cock had zich naar de man toe gedraaid.

Die keek hem in verwarring aan, maar herstelde zich snel. 'Nee, dat mag u helemaal niet vragen,' antwoordde hij recalcitrant. 'Ik begrijp ook niet wat u hierbinnen doet, het kantoor is vandaag gesloten.'

'En u bent?' vroeg De Cock onverstoorbaar.

'Dat gaat u geen flikker aan!'

'Lars!' zei Ellen zacht, maar dwingend.

'Aha,' zei De Cock, terwijl hij zijn wijsvinger in de richting van de man prikte. 'U bent Lars Weber.'

De jongeman kneep zijn ogen samen, ineens op zijn hoede. 'En u bent?'

'De Cock, recherche Amsterdam.'

'Dick Vledder, eveneens van de recherche Amsterdam,' viel Vledder zijn chef geamuseerd bij.

Bij de jonge Lars Weber leek het kwartje te vallen. 'U bent hier vanwege het ongeluk van mijn oom.'

'Wij hadden nog wat vragen.'

'Natuurlijk, begrijp ik.' Weber sloeg nu een heel andere toon aan en liep naar het bureau waaraan Ellen zat. 'Sorry, maar u begrijpt, deze dagen zijn nogal... ingrijpend.'

'Ze komen voor de kerk,' lispelde Ellen. Lars legde zijn handen op haar schouders en drukte een kus op haar hoofd. De vrouw kromp ineen.

'Niet zo terneergeslagen, liefje.' Hij keek op naar De Cock. 'De kerk?'

'De Vituskerk, een aankoop van uw oom.'

Lars schudde glimlachend zijn hoofd. 'Ouwe gek! Wie koopt er nou een kerk? Alleen omdat hij er gedoopt is.'

'Is dat zo?'

'Door die pastoor, die er al honderd jaar zat.'

'Vrijens.'

'Die, ja. Wat moet een mens nou met een kerk?'

'Hebt u daar het antwoord op?'

'Eerlijk gezegd heb ik hem daar niet naar gevraagd. Ik was wel klaar met zijn rare gedrag. Ik ben hier komen werken om iets voor elkaar te boksen, nietwaar, El?' Hij wreef met zijn hand over haar rug. 'Maar Koentje wist het allemaal beter. Er was geen beginnen aan. Ik ben d'r mee gekapt.'

'Op 1 januari.'

Hij lachte. 'Mooie datum voor goede voornemens! Nieuwe avonturen tegemoet, dat is mijn credo. En als u iets over de kerk wil weten, moet u bij die pastoor zijn.'

De Cock lichtte zijn hoedje. 'Fijn dat u ons even te woord wilde staan.'

Hij liep naar de deur, maar bedacht nog iets. 'U hebt nog geen antwoord gegeven op mijn vraag: wat zocht u in die kluis?'

'Papieren. Van mezelf. Nu ik wegga.' Het antwoord rolde iets te snel uit zijn mond.

De Cock knikte vriendelijk, alsof hij tevreden was met het antwoord, maar hij geloofde er niets van.

Leonie Vrijens, de nicht van pastoor Vrijens, bewoonde de bovenste twee etages van een herenhuis aan de Admiraal de Ruyterweg. Toen hij een lange, steile trap had beklommen en nahijgend op de overloop stond werd hij hartelijk ontvangen door de vrouw, die een stuk jonger was dan haar oom en er ook een stuk wereldser uitzag. Ze was klein van stuk, net als pastoor Vrijens, en droeg een zwart vestje boven een legging met tijgerprint. Een gewaagde keuze, die haar opvallend goed stond. Ze had een open, vrolijk gezicht en een grote bos stugge bruine krullen. De kraaienpootjes bij haar ogen verraadden dat ze niet zo jong meer was als ze er probeerde uit te zien, maar daar had haar uitstraling niet onder te lijden.

'Kom erin!' kraaide ze verheugd terwijl ze de deur naar de keuken gastvrij openhield. Die keuken was verrassend groot, zoals het hele huis vanbinnen een stuk ruimer oogde dan het er vanbuiten uitzag.

'Koffie?' De koffie was blijkbaar vers gezet, want de hele keuken geurde ernaar.

'Heerlijk,' antwoordde Vledder terwijl hij met genoegen naar het kleine vrouwtje keek, dat ijverig in de weer ging met kopjes en schoteltjes.

'Dan doe ik er ook een stuk appeltaart bij, hè. Gisteren gebakken.'

De Cock wilde protesteren, maar Vledder was er al voor gaan zitten aan de keukentafel en keek verwachtingsvol op.

Toen ze uiteindelijk alle drie zaten en van koffie en taart waren voorzien, keek Leonie Vrijens De Cock blijmoedig aan. 'U komt voor die dooie in de kerk zeker?'

Deze bijna onbeschaamde opening van het gesprek verwarde hem. 'Ja. Inderdaad, ja. We hebben nog wat vragen over het slachtoffer.' Hij prikte een stukje appel aan zijn vorkje. 'Wij hadden eigenlijk gehoopt even met pastoor... uw oom te kunnen spreken.'

'Louis? Die is er nog niet.'

'O...'

De Cock moest beteuterd hebben gekeken, want Leonie schoot in de lach. 'U bent teleurgesteld.'

'Dat heeft niets met u te maken,' verzekerde Vledder haar snel met volle mond.

'Gelukkig,' lachte ze. 'Maar ik begrijp het wel. Het is natuurlijk uw taak om het mysterie op te lossen.' Ze gaf het woord 'mysterie' een dramatische klank mee.

'Is er sprake van een mysterie?' vroeg De Cock droog.

'Geen idee, dat lijkt mij uw werk om uit te zoeken. Maar ik begreep van Louis dat iemand de schedel van die kraker heeft ingeslagen.'

'Ja, dat klopt, en wij proberen uit te zoeken wat daar is gebeurd.'

Zonder te vragen schonk Leonie de koffiekopjes nog eens vol. De Cock wist niet goed wat hij van haar denken moest. Gastvrij en hartelijk, dat zeker, maar op een bepaalde manier ook hard en oordelend.

'Die kerk is al een jaar dicht, maar er gebeurde nog van alles. Louis is er bijna dagelijks. Maar zo schiet het niet op, hè.' Haar Limburgse accent was duidelijker dan dat van haar oom. 'De bedoeling was dat hij hier efkes bij mij zou intrekken.'

'En dan?'

'Terug naar Limburg, neem ik aan. Hier in Amsterdam is geen huis te krijgen. Maar hij zit hier nu al een jaar.'

'U hebt gelukkig ruimte genoeg.'

Leonie blies verontwaardigd haar adem uit. 'Je woont toch in één huis met een oude man.'

'Hij lijkt mij heel bescheiden.'

'O zeker, meneer, heel bescheiden en heel aardig. Maar commentaar op alles. Leonieke dit en Leonieke dat. En dit is mijn huis, hè. Maar hij wil niet weg uit Amsterdam. Hij kan gewoon niet accepteren dat die kerk gesloten is. Want zo bescheiden als hij is, volgens u dan, hè, heeft hij met iedereen ruziegemaakt.'

'Wat vindt uw man daarvan?' vroeg De Cock langs zijn neus weg.

'Een man? Die heb ik niet. Nee zeg, stel je voor. Dat zou niet samengaan met Louis.' Ze raakte terloops de hand van Vledder aan. 'Je moet wel dooreten, hè.'

Vledder stopte nog een stuk taart in zijn mond. 'Toch mooi dat u hem in huis genomen hebt.'

''t Blijft toch je familie, hè.' Ze schudde haar bruine krullen en ineens begonnen haar ogen ondeugend te glimmen. 'Maar ik kan niet wachten tot hij weer ophoepelt! Is het lekker?' Vledder knikte met volle mond en Leonie glimlachte tevreden.

Ze keek op toen ze voetstappen op de trap hoorde. 'Daar zal je hem hebben.' Ze gaf De Cock een knipoog. 'Als je het over de duivel hebt...!'

Om rustig te kunnen praten waren ze naar de kamer verhuisd die Louis Vrijens in het huis van zijn nicht bewoonde. Het was een grote kamer die aan de achterkant van het huis lag en uitkeek over de binnentuinen van het huizenblok, maar die was volgestouwd met dozen en koffers. Over een stoel was wat kleding gedrapeerd en aan een klerenhanger die aan een spijker in de muur bungelde hing een paars overhemd te wachten op een strijkbout. In de hoek van de kamer stond een eenvoudige houten tafel met twee stoelen. Vrijens schoof de boeken die schots en scheef op tafel lagen aan de kant en bood de rechercheurs de stoelen aan. Zelf nam hij plaats op het eenpersoonsopklapbed.

'Neemt u mij de rotzooi maar niet kwalijk. De mens verzamelt een hoop ballast gedurende zijn leven en ik kan er helaas maar moeilijk afstand van doen. Vooral van mijn boeken.'

'Het lijkt mij hier niet erg comfortabel,' opperde Vledder. 'Voor iemand op leeftijd, bedoel ik... als u mij niet kwalijk neemt.'

De pastoor glimlachte minzaam. 'Ik begrijp dat dit u zou benauwen, maar ik heb aan weinig ruimte genoeg. En ik ben blij dat mijn nicht mij deze ruimte gunt.'

Vledder keek om zich heen en dacht er het zijne van.

'U komt nog regelmatig in de kerk?' opende De Cock het gesprek.

De pastoor trok een zuinig mondje. 'Met zekere regelmaat.'

'Vrijwel elke dag.'

'Ik heb het nooit zo bijgehouden. Maar de gang naar de mij zo dierbare Vituskerk behoort heel erg tot mijn dagelijkse routine, dat is waar.'

'Ook nu de kerk gesloten is.'

'Men leert een oud paard niet zomaar nieuwe kunstjes, meneer De Cock.'

Hij grinnikte. 'Mijn vrouw zou dat ongetwijfeld met u eens zijn. Was het een schok voor u dat de kerk gesloten werd?'

Vrijens vouwde zijn handen in zijn schoot en keek melancholiek voor zich uit. 'Een oplettender mens dan ik had het wellicht zien aankomen. De mis op zondag werd door steeds minder mensen bezocht en ook op de cursusavonden doordeweeks kwamen steeds minder mensen af. Maar met de mensen die kwamen heb ik zo veel mooie en wonderbare momenten mogen beleven. Zij waren niet klaar met de kerk.'

'En u ook niet.'

‘Ik was graag langer doorgegaan, dat is zeker. De sluiting was een beslissing die het bisdom op rationele gronden heeft genomen. Van de ene op de andere dag had deze herdershond geen kudde meer.’ Hij sprak met zachte stem, maar het persoonlijke drama dat hieruit sprak kon niemand ontgaan. ‘En het valt niet mee, ook niet voor een gewone sterveling zoals ik, te moeten aanvaarden dat er voor jou geen plaats meer is in de herberg. Als u mij de vergelijking vergeeft.’

De Cock begon zich enigszins te ergeren aan de pathetiek die Vrijens in zijn woorden legde. Waarschijnlijk beroepsdeformatie, maar toch. Hij besloot het gesprek zakelijker aan te pakken. ‘De kerk werd verkocht.’

De pastoor wierp een korte, schichtige blik op De Cock. ‘De kosten van onderhoud gaan gewoon door, ook bij een kerk die leegstaat.’

‘U hebt ons dat niet verteld.’

‘U hebt mij dat niet gevraagd.’

‘Toch was dat bepaald relevante informatie. U kende de koper maar al te goed en wist ook dat hij een paar dagen daarvoor om het leven was gekomen.’

‘Maar niet waardoor!’ probeerde Vrijens zich te verdedigen.

‘Dat werd op dat moment nog onderzocht.’

Vrijens spreidde zijn handen. ‘Het spijt mij als mijn omissie u in de problemen heeft gebracht.’

‘Ik had het graag wat eerder geweten.’

‘Ik was die dag mezelf niet. Een moord in mijn kerk...’

Vledder tikte met zijn pen op zijn opschrijfboekje. ‘Hebt u het idee dat er iets ontvreemd is?’

‘Uit de kerk?’

‘Waren er nog kostbaarheden aanwezig?’

‘Ah, zo bedoelt u.’ Hij sloeg zijn handen in elkaar voor zijn borst en glimlachte mild. ‘De Vituskerk was geen rijke kerk. De zilveren kelk en de zilveren kandelaars die werden gebruikt tijdens speciale gelegenheden zijn na de verkoop van de kerk weggehaald. Dus nee, veel van waarde was er niet aanwezig.'

'En die soutane?' vroeg De Cock.

'Pardon?'

'Dat was toch een soutane waar Okke op lag, toen hij door u werd gevonden?'

'Ach zo, jaja. Dat was een oude soutane.'

'Van u?'

'Jaja. Maar ik gebruikte hem niet meer. Hij had hem gevonden in een kast, zei hij, en hij gebruikte hem geloof ik soms als hij op een bankje in de kerk wilde slapen.'

'Zo.'

'Tja.'

Het was even stil de kamer. Zo stil dat ze Leonie beneden in de keuken hoorden zingen.

'Was u blij dat Koen Pronk de kerk kocht?' vroeg De Cock ten slotte.

'"Blij" is niet het woord, meneer De Cock, maar ik wist wel dat de kerk nu in ieder geval in het bezit kwam van een man met goede bedoelingen. Er waren meer kapers op de kust, maar ik heb het bisdom kunnen overhalen om met Koen in zee te gaan.'

'Had hij een bestemming voor de kerk?'

'Koen zat altijd vol plannen.' De priester glimlachte meewarig. 'Maar hij wilde het gebouw behouden voor de buurt en zijn bewoners. Zoiets als een museum.' Zijn ogen glommen bij het idee.

'Stond hij op goede voet met de krakers?'

'Met Sally en Jeroen?'

'En met Okke.'

'Okke telde voor hem niet. Die kwam en ging naar het hem uitkwam. Maar Sally en Jeroen konden een oogje op de kerk houden en dat was natuurlijk wel zo prettig. Voor beide partijen.'

De Cock stond op van de houten keukenstoel en onderdrukte een kreun. ‘Dit was het wel voorlopig. Ik zou u wel willen verzoeken zich beschikbaar te houden.’

‘Ik hoef nergens heen,’ klonk het droefgeestig.

‘O, wat mij nog te binnen schiet, wie is die man die bij de deur van de kerk hel en verdoemenis predikt?’

Vrijens schoot in de lach. ‘Vincent. De “heilige Vincent”, zoals wij hem gekscherend noemen. Een treurig geval, meneer De Cock, kind van een verslaafde moeder. Geen kans gekregen in het leven.’

De Cock knikte. Hij had zelf ook van die gevallen meegemaakt, zeker in de tijd dat de Zeedijk nog het leefgebied was van de drugsverslaafden en hun dealers. Zwaar verslaafde jonge vrouwen die zich prostitueerden en zwanger raakten. Maar weinig kinderen hadden de kracht gehad om zich boven dat milieu uit te werken.

‘Psychotisch en onvoorspelbaar. Maar diep vanbinnen een lieve jongen, die elke dag bij mij de zegen komt halen en oprecht zoekt naar zijn Heer.’ De pastoor was opgestaan. ‘En bij vlagen heel goed weet waar hij het over heeft.’

Pas op voor Okke, dacht De Cock.

7

Toen ze het huis wilden verlaten en op het punt stonden de steile trap weer af te dalen, kwam Leonie uit de keuken. Ze had het zwarte vestje uitgedaan en droeg nu een mouwloos hemdje dat haar lichaam strak omsloot. Blijkbaar was ze in de keuken aan het werk, want er parelde wat zweet op haar voorhoofd. 'Ik weet natuurlijk niet of het belangrijk is...'

Het was De Cocks ervaring dat dit vaak de aankondiging was voor iets wat doorgaans nogal belangrijk bleek te zijn. Hij knikte haar bemoedigend toe.

'Louis zat gisteravond aan de telefoon met de vrouw van Pronk, u weet wel, de man die de kerk heeft gekocht, en hij zat op het laatst gewoon te schreeuwen, Louis. Zo had ik hem nog nooit tekeer horen gaan. Echt.'

'Weet u waar het over ging?'

Ze wierp een steelse blik op de trap die naar de bovenste verdieping leidde, waar haar oom resideerde en waar enig gestommel te horen was. Ze blies een bruine lok van haar bezwete voorhoofd en liep weer naar de keuken. 'Geen idee. Sorry.' En ze trok de deur achter zich dicht.

'Komt u er wel uit?' klonk de zalvende stem van boven.

De Cock was het liefst rechtstreeks doorgereden naar mevrouw Pronk, maar toen hij haar telefonisch van zijn bezoek op de hoogte wilde stellen bleek zij pas laat in de middag weer thuis te zijn. Dus zette Vledder koers richting het oude bureau in de Warmoesstraat.

'Vreemde vrouw, vond je niet?'

'Wie? Die nicht van Vrijens?'

'Vond je niet?'

De Cock monsterde zijn jonge collega, die geconcentreerd door de voorruit keek en hun auto behendig door het drukke verkeer loodste. 'Ik heb anders niet echt aan je kunnen merken dat je haar vreemd vond. Integendeel.'

'Hoezo integendeel?'

'Koffie, taart en best wel een leuk figuurtje, dacht ik.'

Vledder keek hem verontwaardigd aan en De Cock genoot van een binnenpretje. 'Ik bedoel dat professioneel, De Cock! En natuurlijk, ze was gastvrij en vriendelijk en... en... Maar het was zo véél. Begrijp je. Net te veel van alles.'

'Het was wat veel,' moest hij toegeven.

'Veel te veel. En waarom heeft zo'n vrouw geen man? Dat is toch ook raar?'

De Cock haalde zijn schouders op. 'Niet iedereen heeft een partner. Wie weet vinden meer mensen haar... te veel. Lijkt me niet zo vreemd.'

Maar Vledder volhardde in zijn oordeel. 'Raar.'

'Hebben we nu eindelijk eens wat uitslagen?' De Cock wierp zijn hoedje naar de kapstok en miste.

Appie Keizer schoot omhoog in zijn stoel en legde de smartphone weg waarop hij een spelletje aan het spelen was. 'Ja, het onderzoek in de kerk is binnen.'

'Eh... Dick, zou jij mijn hoedje willen oprapen?' vroeg De Cock gegeneerd, terwijl hij onbeholpen op zijn rug wees.

'Geen probleem.' Vledder plukte het hoedje van de vloer en plantte het boven op de houten kapstok. 'Je zou thuis wat vaker moeten oefenen, misschien dat je dan ooit nog eens raak gooit.'

De Cock glimlachte gepijnigd. 'Dank je. Vertel maar op, Ap.'

'Het is niet veel. Wat foto's.'

Ze bekeken de foto's die van de plaats delict en het slachtoffer waren gemaakt. Ze leverden niets meer op dan ze al wisten.

'En die soutane waarop het lichaam lag?'

'Onderzocht op sporen en ze hebben wat bloed en enkele haren gevonden. Het bloed bleek van het slachtoffer te zijn en de haren kunnen van iedereen afkomstig zijn.'

'Het was een oude soutane van de pastoor.'

'Je bent al bij Rusteloos geweest, dus over het slachtoffer hoef ik je niets te vertellen. In het lab hebben ze zijn kleren onderzocht, veel viezigheid. Ik denk niet dat hij zich vaak waste, en zijn kleren ook niet.'

'Nog bijzonderheden?'

'Nee. Ja, nou ja, ik weet niet of het bijzonder is maar ze hebben kaarsvet aangetroffen op zijn hemd.'

'Kaarsvet...' De Cock tuitte zijn lippen en dacht aan de schemerige hoeken van de Vituskerk waarin hij kaarsenstandaards had zien staan.

'Voor de rest zijn er geen afwijkende of opmerkelijke sporen aangetroffen.'

'Dat schiet niet erg op,' verzuchtte Vledder.

'We zullen op zoek moeten naar het motief, Dick.'

'Wie heeft er nou belang bij de dood van zo'n luizige kraker?'

'Precies, daar moeten we dus naar op zoek!'

De Cock had zijn assistent zover gekregen dat hij een broodje bal in de kantine liet schieten voor een verse haring van Arie. Niet dat daar veel aandrang voor nodig was, want het was op het bureau algemeen bekend dat de bal uit een fabriek kwam. Toen De Cock op zijn weg naar beneden halverwege de stenen trap was zag hij tot zijn verbazing Ellen van der Pas het bureau binnenkomen. Ze keek wat schichtig om zich heen en liep toen in de richting van de balie.

'Mevrouw Van der Pas!' schalde het door de ruimte. De vrouw schrok en trok intuïtief haar hoofd tussen haar schouders. 'Neemt u mij niet kwalijk, ik wilde u niet laten schrikken,' zei De Cock even later toen hij bij de balie was aangeland. 'Maar ik neem aan dat u op zoek bent naar mij.'

Ze knikte.

'Ja, ik wilde u graag nog spreken.' Ze was niet knap, ze had een bleek gezicht, waar haar uitgebluste haar slap omheen hing, maar ze had pientere ogen en een lieve uitstraling. Ze eiste niet veel van het leven en was gewend zich dienstbaar op te stellen.

'Ik had lunchpauze en dacht...' Ze aarzelde te omschrijven wat ze had gedacht.

'U dacht, ik wip even aan. Dat is gezellig, maar ik neem aan dat u ons ook iets te melden hebt.' De Cock glimlachte vriendelijk en raakte even geruststellend haar arm aan.

Ze glimlachte vluchtig terug. 'U vindt het misschien vreemd, maar...' Weer aarzelde ze om haar zin af te maken.

'Ik begrijp het wel,' verzekerde hij haar. 'Kom, we gaan ergens heen waar u ook kunt lunchen!'

Ze hadden een plekje gevonden in een koffietentje verderop in de Warmoesstraat en de mannen hadden broodjes en koffie besteld. En een soep van de dag en een muntthee voor de nerveuze jonge vrouw.

'Ik vond dat u recht had op het hele verhaal.'

'En dat kon u niet kwijt met Lars in de buurt?'

Ze schudde kort haar hoofd. 'Hij was plotseling binnen komen vallen.'

'Want hij was per 1 januari opgestapt.'

'Ontslagen!' Haar ogen stonden nu fel. 'Meneer Pronk had meer dan genoeg van hem. Hij...' Ze overwoog even of ze wel kon zeggen wat ze wilde gaan zeggen. 'Lars had de creditcard van het bedrijf gebruikt voor... zijn eigen pleziertjes.'

'En dat was de druppel?' informeerde De Cock.

'Lars voerde geen snars uit.'

'Is hij niet de neef van mevrouw Pronk?' wilde Vledder weten.

Ellen boog even naar achteren toen haar thee werd gebracht, een hoog glas waarin een bosje munt en heet water waren samengevoegd. Ze nam het suikerzakje van het schoteltje, scheurde het open en deponeerde de helft in het glas. 'Mevrouw had erop aangedrongen dat Lars in het bedrijf zou komen. Ze hebben zelf geen kinderen en ze hoopte dat meneer Pronk daardoor wat minder zou gaan werken.'

'Maar het werkte niet?'

'Voor geen meter, meneer.'

De broodjes werden gebracht. Ossenworst voor De Cock en een tosti ham-kaas voor Vledder.

'Hij zei vanmorgen dat meneer Pronk niets uit handen kon geven, maar zelf deed hij niets. Zat de hele dag te telefoneren en had zogenaamd allemaal afspraken buiten de deur. Meneer Pronk zei er niets meer van, vanwege de lieve vrede, maar toen Lars geld van het bedrijf voor zichzelf had gebruikt was de maat vol. Hij werd op staande voet ontslagen en hij mocht zijn handen dichtknijpen, zei meneer Pronk, dat hij geen aanklacht indiende bij de politie.'

'En toch kwam hij vanmorgen binnenvallen?'

'Hij stond ineens midden in het kantoor en haalde de sleutels uit het sleutelkastje.'

'De sleutels waarvan?'

'Hij zocht de sleutels van de kluis, maar daar kom ik nooit, dus wist ik niet welke hij moest hebben.'

'En eenmaal de soep van de dag.' De eigenaar van de koffietent zei het op vermoeide toon, alsof hij die dag al honderden van die koppen had rondgebracht. 'Goed blazen, het is heet.'

'Wat zocht hij in die kluis?' vroeg De Cock toen de eigenaar weer naar zijn territorium achter de bar was verdwenen.

'Geld, denk ik. Meneer Pronk had hem zonder een cent op straat gezet, zei hij.' Ze roerde met haar lepel in de kom met soep.

De Cock keek naar zijn broodje ossenworst, maar maakte nog geen aanstalten er zijn tanden in te zetten. 'Vond u het erg dat hij weg moest?'

Ze haalde haar smalle schouders op. 'Niet echt. Het is een vervelende gast. Hij zit voortdurend aan je.'

De Cock dacht terug aan het moment waarop Lars een kus op het hoofd van de jonge vrouw had gedrukt.

'Het liefst als iedereen erbij is en je niets kunt zeggen.'

'En mevrouw Pronk?'

Ellen nam voorzichtig een slokje van haar thee en verschafte zich hiermee een kleine denkpauze. 'Het was een beslissing van haar man,' zei ze neutraal.

'Haar ex-man,' corrigeerde Vledder terwijl hij een kruimel uit zijn mondhoek veegde.

'Nou, echt niet!' Ze klonk voor het eerst oprecht verontwaardigd. 'Ja, dat is wat zij wilde, maar hij wilde niet scheiden. Dat kon niet, zei hij, vanwege zijn geloof.'

'Hij was katholiek. Althans, wij begrepen van pastoor Vrijens dat hij is gedoopt.'

Ellen knikte, terwijl ze aan haar soep begon.

'In de Vituskerk,' ging De Cock voort. 'Dezelfde kerk die door meneer Pronk niet lang geleden is gekocht.'

'Op voorspraak van pastoor Vrijens,' vulde Vledder aan.

'Daar heeft hij veel ellende van gehad,' zei de vrouw zacht.

De Cock keek op. 'Ellende?'

'Het leek wel of hij alleen maar ruzie had de laatste tijd.' Haar hoofd zakte naar voren en ze streek met een hand haar haar achter haar oor. 'Vanwege die rotkerk.'

'Dat klinkt bitter.'

'Iedereen moet geloven wat hij wil, maar deze kerk heeft hem geen geluk gebracht.' Ze keek schichtig om zich heen, alsof haar woorden voor niemand anders dan De Cock bedoeld waren.

'In welk opzicht niet?'

Ze haalde haar schouders weer op. 'Ik weet er het fijne niet van, maar hij klaagde er steeds vaker over. Dat hij die kerk liever niet had gekocht en dat niemand hem begreep.' Daarna begon ze aan haar soep en zweeg ze verder, blijkbaar was alles gezegd.

Net voor ze de koffietent zouden verlaten had ze nog wel een vraag. 'Meneer De Cock, denkt u dat Koen is vermoord?'

De vraag verbaasde hem niet, daar was de vrouw voor gekomen, wist hij, voor een antwoord op die vraag. Maar De Cock had geen antwoord paraat. 'Geen idee, Ellen, wat denk je zelf?'

'De verhalen beginnen steeds meer parallel te lopen, vind je niet?'

Ze liepen over de Elandsgracht op weg naar de Hazenstraat. Het was er rustig, alsof het winkelend publiek tot de overtuiging was gekomen dat er de afgelopen decembermaand genoeg boodschappen waren gedaan.

'Zeker,' beaamde Vledder. En even later, nadat hij over de woorden van De Cock had nagedacht: 'Welke verhalen precies?'

'Het verhaal van het ongeval van Koen Pronk en dat van de kerk.'

'Van de dode man in de kerk?'

'Dat is weer een ander verhaal, denk ik.'

Vledder zuchtte geïrriteerd. 'De Cock, je spreekt weer eens in raadselen.'

'Ik wil alleen maar zeggen dat ik geen idee heb hoe de moord op Okke daartussen past,' suste hij.

'Waartussen?'

'Tussen Pronk en de kerk.'

Tot opluchting van Vledder waren ze bij het huis van Anneke Pronk aangekomen en konden ze hun gesprek laten voor wat het was. Hij belde aan. 'Deze mevrouw heeft ons in ieder geval iets uit te leggen,' meldde hij zijn chef ferm.

Anneke Pronk zag er op-en-top verzorgd uit. Haar in een verse krul, nagels in de lak, en gestoken in een mantelpakje dat naar De Cock schatte meer had gekost dan de hele inhoud van zijn klerenkast bij elkaar.

'Ik was bij de notaris,' legde ze uit, zonder dat ernaar gevraagd werd. Ze opende een witgelakte buffetkast en haalde er een schaaltje met chocolaatjes uit, dat ze met een charmante glimlach op tafel zette.

'Ik neem aan dat er wel het een en ander te regelen is na de dood van uw man,' vermoedde De Cock.

'Ex-man,' verbeterde Anneke automatisch.

'Dat is wat u ons hebt proberen wijs te maken,' antwoordde hij vriendelijk. 'Maar dat is niet zoals de situatie werkelijk is. Toch?'

Anneke Pronk draaide zich naar hem om, de charmante glimlach was verdwenen.

8

'Wat ik u vertelde was waar. Wij leefden gescheiden en ik sprak over hem – nee, ik dácht over hem,' verbeterde ze zichzelf, 'als mijn ex-man.' Ze lachte beminnelijk en straalde een en al rust uit.

'Maar zover is het niet gekomen.'

'Hij wilde het niet.'

'Vanwege zijn geloof?'

Anneke legde haar hoofd in haar nek en schaterde het uit. 'Zijn geloof...' Ze proefde het woord nog even na. 'Dat zou hij wel mooi hebben gevonden, maar nee, meneer De Cock. Het enige waar Koen de laatste jaren in geloofde was zijn portemonnee. Nee, scheiden kostte hem geld, het was goedkoper om mij op afstand te houden. En ondertussen was hij bezig om de zaken naar zijn eigen hand te zetten.'

'Hoe bedoelt u dat?'

'Dat er zo min mogelijk mijn kant op zou gaan, en het meeste in zijn bezit zou blijven. Daarna wilde hij wel scheiden. Zo bedoel ik dat. Plat? Ja, maar zo plat was mijn e...' Ze wilde zeggen *ex-man*, maar ze corrigeerde zichzelf. 'Mijn man. Ik ben er niet trots op.'

Vledder begreep het niet. 'De zaak was toch van u beiden?'

'Hij was de directeur, ik was in loondienst. Dat was beter in verband met de belastingen, begrijpt u.'

'Nee,' antwoordde De Cock naar waarheid.

'Nee,' viel de vrouw hem bij. 'Ik heb er ook nooit iets van begrepen. Maar ach, je bent getrouwd en dan verdeel je de taken. Hij deed de zakelijke kant.'

'U vertrouwde hem.'

'Ik heb niet opgelet.'

Ze stak haar hand uit en nam een chocolaatje van het schaaltje. 'Dit zou ik niet moeten doen.' Ze stak de bonbon in haar mond en sloot genietend haar ogen.

'Dan eh… Dan kwam zijn dood dus net op tijd,' concludeerde Vledder vrijpostig.

De vrouw keek hem onbewogen aan, terwijl haar kaken de chocola vermaalden. 'Ik hoop niet dat u daarmee suggereert dat ik iets met zijn dood van doen heb,' zei ze nadat de bonbon was doorgeslikt.

'Zeker niet,' antwoordde De Cock. 'Het was slechts een scherpe observatie van mijn collega.' Hij zond Vledder een blik en die schokte met zijn schouders om aan te geven dat hij er ook niets aan kon doen.

'Wij troffen vanmorgen uw neef op kantoor.'

Anneke fronste haar geëpileerde wenkbrauwen. 'Lars?'

'Dat is toch uw neef?'

'Wat deed die op kantoor?' Ze vroeg het meer aan zichzelf dan aan de anderen.

'Hij probeerde de kluis te kraken,' lichtte Vledder toe.

De vrouw stond met een ruk op. 'De kluis?!' Haar zelfverzekerdheid, die ze zo opzichtig had geëtaleerd, was geheel verdwenen.

'Het is hem niet gelukt,' stelde De Cock haar gerust. 'Volgens Ellen was hij op zoek naar geld.'

Ze liet de informatie even op zich inwerken en probeerde de situatie weer in de hand te krijgen. 'Vind je het gek?' Ze frommelde nerveus met haar handen aan haar dure jasje. 'Vindt u het erg als ik rook?' Zonder op het antwoord te wachten liep ze naar de witte kast en trok een laatje open.

'Het is uw huis,' zei De Cock met lichte tegenzin.

Anneke klopte een sigaret uit het pakje en stak hem aan. Daarna gooide ze de aansteker terug in het laatje en schoof dat dicht. Ze ging voor het raam staan, de sigaret in haar rechterhand. Ze blies een wolk van rook naar het plafond. 'Koen had hem zonder een cent op straat gezet. Zo'n jongen moet ook leven.'

'Hij had privé-uitgaven gedaan met een creditcard van de zaak,' zei Vledder.

Anneke draaide zich bij het raam vandaan. 'Volgens die lieve, kleine Ellen.'

'Is het dan niet waar?'

'Koen heeft Lars nooit in de zaak gewild, hij heeft hem geen kans gegeven. Het was zijn manier om met mijn kant van de familie af te rekenen.' Ze drukte de half opgerookte sigaret uit in een kristallen asbak.

'Toonde Lars zich een gretige leerling?' De Cock stelde de vraag bijna achteloos, maar de vrouw hoorde heel goed wat hij zei.

Er zweefde een ironisch lachje rond haar lippen. 'Je moet zo'n jongen bij de hand nemen. Je mag niet verwachten dat hij vanzelf begrijpt hoe het spel gespeeld moet worden.'

'Hoe was de verhouding tussen Lars en uw man?'

'Hij haatte hem.'

'Lars haatte uw man?'

'Ja, maar dat was geheel wederzijds. Hebt u nog meer vragen, meneer De Cock? Ik heb nog heel veel te doen.'

'Begrijpelijk, zeker nu u de leiding hebt over Pronk & Co. Tenminste, dat neem ik aan.'

'Het leven gaat gewoon door, daar verandert de dood niets aan.'

'Belde u daarom gisteravond met pastoor Vrijens?'

De Cock hield de vrouw nauwlettend in het oog, maar zij toonde geen reactie.

'U bent goed op de hoogte.'

'Dat is mijn beroep, mevrouw.'

'Maar u hebt gelijk, in zoverre dat de eerwaarde mij belde.' De ironie droop eraf.

'Mag ik vragen waarover hij u belde?'

'Over de kerk natuurlijk. De Vituskerk, die Koen heeft gekocht en waar hij volgens mij nog is gedoopt. Hij wilde weten of de plannen nog doorgingen.'

'Het werd nogal een onaangenaam gesprek, begreep ik.'

Anneke glimlachte bij de herinnering. 'De eerwaarde werd behoorlijk kwaad, ja, toen ik hem vertelde dat de plannen gewoon doorgingen.'

'Maar dat begrijp ik niet. Uw man wilde er een museum in beginnen, wat kon hij daarop tegen hebben?'

De ogen van Anneke sperden zich open, alsof ze net het beste nieuws in jaren had gehoord. 'Een museum?'

'Dat is wat Vrijens ons vertelde.'

'Dat is de manier waarop Koen het pand in handen heeft gekregen! Ze wilden weten wat hij van plan was met die kerk. Maar een museum... daar valt geen droog brood mee te verdienen. Nee, meneer De Cock, in de Vituskerk komt een grand café en er worden appartementen in gebouwd voor expats. De plannen liggen klaar en de gemeente heeft al haar toestemming verleend.'

Hij had even tijd nodig om deze informatie te verwerken. Hij wreef met zijn brede hand over zijn kaak en de radertjes in zijn hersenen draaiden overuren.

Anneke Pronk zag het geamuseerd aan. 'Dit was kennelijk nieuws voor u.'

Het was inderdaad nieuws geweest voor De Cock, en niet het enige nieuws van die dag.

'Het is toch wonderlijk,' zei hij terwijl ze terugliepen naar de Elandsgracht, 'hoeveel je te weten komt als je er niet naar zoekt.'

'En wat bedoel je daar nou weer mee?'

'We onderzoeken de moord op een berooide kraker in een kerk en voor we het weten zitten we midden in een vastgoedrel.'

Vledder schopte een steentje naar voren. 'Denk jij dat die twee dingen met elkaar te maken hebben?'

'Dat moesten we morgenochtend meteen maar eens gaan uitzoeken. In de kerk!'

Toen ze de volgende ochtend bij de Vituskerk aankwamen zat Vincent op de stoep voor de hoge houten deuren en rolde een sjekkie.

'Vincent.'

De zwerver keek even op en verlegde toen zijn blik weer naar het vloeitje waarin hij een minimale hoeveelheid tabak had gelegd. 'Sint Vince,' zei hij met zijn opvallend hoge stemgeluid. 'Zo heeft de Here gesproken, en Hij zeide...' Hier viel de spreker een moment stil. 'Heb je een vuurtje?' Hij hield het sjekkie op naar Vledder, die in de lach schoot.

'Zeide Hij dat? Ik zeg, sorry, vriend, ik rook niet.'

Vince bleef naar hem kijken, maar de glinstering in zijn ogen was gedoofd. Hij zag er grauw en weinig strijdbaar uit. 'Doe dan maar een piekie voor een bakkie,' zei hij uiteindelijk.

'In de auto, Vince,' zei De Cock. 'Daar hebben we vuur en misschien wel iets meer dan een piekie.' Hij haalde uit zijn zak een biljet van tien euro tevoorschijn. 'Voor een bakkie en een broodje.'

Vincent keek hem argwanend aan en stak een knokige vinger in de lucht. 'Alleen de zege van de Heer maakt rijk.'

'De auto staat daar.'

De Cock begon vast te lopen en hoorde tot zijn tevredenheid dat de zwerver zich haastte om op te staan.

‘Waar slaap jij, Vince?’

Vincent had zich op de achterbank van de oude Golf gezet en had het sjekkie alvast tussen zijn lippen gestoken, maar hij mocht het pas aansteken nadat hij een aantal vragen had beantwoord. Hij haalde zijn schriele schouders op. ‘Leger des Heils of de winteropvang.’

‘Nooit in de kerk?’

Vincent nam het sjekkie uit zijn mond. Zijn ogen werden zo groot dat de oogballen, die een ziekelijk gele kleur hadden, bijna uit hun kassen vielen. ‘Niet in het huis des Heren.’

‘Mocht dat niet van de pastoor? Of mocht dat niet van Okke?’

‘Okke! Hij staat bij de poort, weet dat wel, Hij staat bij de poort!’

‘Wie?’ vroeg Vledder. ‘Okke? Staat die bij de poort?’

‘Pas op voor Okke.’

‘Waarom moeten we oppassen voor Okke, Vince?’ De Cock zat half omgedraaid in de passagiersstoel en kreeg weer behoorlijk last van zijn rug.

‘Toornig ziet de Heer wie kwaad doen aan!’

‘Wat deed Okke voor kwaad?’

Maar Vincent luisterde niet meer. Er was een onrust over hem gekomen die maakte dat hij moest bewegen. Hij schoof naar de zijkant van de achterbank, bedacht zich toen weer en boog zich tussen de twee voorstoelen voorover. ‘Okke had geld, geld in zijn kluis!’ Hij schoot in de lach. ‘Alleen de zege van de Heer maakt rijk! Maar Hij ziet op u neer.’

‘Vincent? Vince!’ Maar de ogen van de zwerver schoten onrustig alle kanten op en begonnen weer te gloeien alsof hij koorts had.

‘Dit heeft geen zin meer, De Cock,’ zei Vledder terwijl hij de auto startte en de aansteker indrukte.

‘Hoe kwam Okke aan dat geld, Vince?’ probeerde De Cock nog, maar hij besefte dat Vledder gelijk had, de zwerver was nu geheel in zichzelf gekeerd en mompelde zacht onverstaanbare woorden. Vledder hield hem de aansteker voor, die rood opgloeide, en Vincent stak er zijn sjekkie mee aan.

'Rijkdom helpt je niet op de dag dat God straft,' sprak hij nu hardop, terwijl hij vragend zijn hand ophield bij De Cock.

'Die gaat echt geen broodje kopen van jouw tien euro,' zei Vledder terwijl ze om de kerk heen liepen.

'Ik wil het niet weten, Dick. Ik heb in ieder geval waar voor mijn geld gekregen.'

'Heb jij dan nog iets nuttigs uit dat geraaskal kunnen opmaken?' vroeg Vledder oprecht verbaasd.

'Okke had geld in zijn kluis.'

'Woorden van een gek.'

'Misschien.'

Ze kwamen bij de deur die toegang gaf tot de kleine pastorie aan de zijkant van de kerk.

'Over welke kluis hebben we het dan? Een kluisje misschien? Op het station of zo?'

De Cock overwoog de gedachte. 'We hebben geen sleuteltje gevonden.'

'Verstopt?'

Hun gedachtegang werd onderbroken door de jonge vrouw die de deur opendeed. In haar armen lag, gewikkeld in een flanellen doek, een baby'tje vredig te slapen.

'Dag, Sally,' zei De Cock zacht met het oog op het slapende kind. 'Mogen we even binnenkomen?'

Sally ging hun voor naar de keuken. 'Dit is eigenlijk de beste plek van het huis. Hier is het tenminste warm.' Ze ging aan de keukentafel zitten en wiegde zachtjes haar kind.

'Wanneer is hij precies geboren?' vroeg De Cock.

'Het was de dag na kerst, toen begonnen de weeën.'

'Mooi op tijd?'

'Twee weken te vroeg. Maar dat vond ik helemaal niet erg.

De zwangerschap was op het laatst wel zwaar, hij ging behoorlijk tekeer, hè, Jesse.' Ze had donkere wallen onder haar ogen van de vermoeidheid, maar ze keek met een verliefde blik naar haar kind. Het was een aandoenlijk plaatje, vond De Cock, de jonge moeder met kind in het eenvoudige, gekraakte keukentje. Een kerstverhaal, maar wel een met een wrang randje.

'Is je man er niet?'

'Jeroen werkt halve dagen bij een groothandel op de Centrale Markt.'

'Halve dagen?'

'Daarnaast studeert hij. Ik ben gestopt met werken, ik heb Jesse.'

Het kind maakte kleine geluidjes, maar hield zijn oogjes gesloten.

'Wij onderzoeken nog steeds de moord op Okke Koops, zoals je zult begrijpen.'

Sally keek verschrikt op. 'Ja, natuurlijk. Hebt u al... Weet u al...'

'Wij weten nog niet zo heel veel, helaas.' De Cock trok een stoel bij en ging tegenover Sally zitten. 'Okke was afkomstig uit Friesland, maar zijn ouders hebben hem al jaren niet meer gesproken. Bij de gemeente staat hij nergens ingeschreven, wat hen betreft bestaat hij niet. Wij weten niets van Okke, behalve dat hij hier woonde en naast zijn kleren verder niets bezat.'

'Wat wilt u nu van mij?' Haar kind sloeg een klagend toontje aan en Sally stopte het topje van haar pink in zijn mond, waarop het klagen stopte en het sabbelen begon.

'Wij hoopten dat jij ons iets meer kon vertellen.'

'Het spijt me...'

'Jullie hebben deze woning gekraakt.'

Sally sloeg haar ogen neer. 'We moesten ergens wonen, zeker met een baby op komst.'

'Jullie woonden toch al ergens?'

'Ik woonde op een studentenkamer en Jeroen was min of meer bij mij ingetrokken. Dat mocht niet van de huiseigenaar, maar als we rustig deden werd het niet opgemerkt. Maar toen ik zwanger raakte...'

'Moest je vertrekken.'

'De huur werd opgezegd.'

Vledder zuchtte geërgerd. 'Je zet toch niet zomaar een zwangere vrouw op straat.'

De Cock schokte met zijn schouders, zo gingen die zaken blijkbaar tegenwoordig.

'Via via hoorden we van dit huisje.'

'Dat jullie besloten te kraken.'

'Met medeweten van pastoor Vrijens, ja. En van het bisdom.' Ze sprak met enige nadruk nu, om de legitimiteit van hun handelen te onderstrepen, mocht de Amsterdamse recherche daaraan twijfelen. Maar het ging De Cock om iets anders.

'Het bisdom is niet langer de eigenaar van de kerk, is het wel?'

'Nee, niet meer, geloof ik.'

'Weleens van de heer Pronk gehoord?'

Sally begon onrustig te verschuiven op haar stoel. 'Natuurlijk. De nieuwe eigenaar, maar die had er ook geen bezwaar tegen dat wij hier zaten.'

'En Okke?'

Sally maakte zachte susgeluidjes naar haar kind, dat klagerig liet weten niet genoeg te hebben aan een pink. 'Okke was langs komen lopen, een paar maanden geleden. Hij vroeg of hij kon blijven overnachten in de kerk. Hij kon nergens anders heen, wij konden hem niet weigeren. Sindsdien verbleef hij hier.'

'En dat was niet de bedoeling?'

'Nee, natuurlijk niet. Maar Okke liet zich niet wegsturen.'

'Was het een moeilijke man?'

'Ja!' Ze zei het met een overgave waar ze direct spijt van kreeg. 'Ik wil natuurlijk geen kwaad over hem spreken, maar hij was een dwingeland. Ik vond hem... Ik vond hem...'

Blijkbaar vond ze het moeilijk om te zeggen wat ze van Okke vond. Ze stond op en liep naar de keukendeur.

'Je vond hem?' vroeg De Cock nog.

'Een onaangename figuur. Hij stonk. En hij loog.'

'Waarover?'

'Over alles. Over het brood en het beleg dat hij pikte als wij er niet waren. En we hadden het hem heus wel gegeven als hij erom had gevraagd. Hij zat de hele tijd aan onze spullen. Sorry, maar ik moet Jesse de borst geven.'

'En Vincent?'

Ze leek verbaasd door de vraag. 'Vince? Die lieve gek doet geen vlieg kwaad, maar hij mocht de kerk niet in van Okke.'

'Zoiets zei Vincent zelf ook al.'

'Ik geef hem koffie of soep als hij er is. Van Okke mocht dat niet, maar daar had ik lak aan. Daar ga jij niet over, zei ik dan.'

'Had Okke geld?'

Het kind begon te huilen. Ze legde hem voorzichtig op haar schouder en wreef zacht over zijn ruggetje. 'Waarom vraagt u dat? U zei het zelf: hij bezat helemaal niks. Hij was zo arm als een kerkrat. En nu ga ik Jesse voeden. '

'Wij kijken nog even in de kerk,' zei De Cock, maar Sally was al verdwenen.

De deur klepperde toen er een windvlaag door de keuken trok. Vledder rilde. 'Wat moeten we nog in die kouwe kerk?' wilde hij weten.

'Wij moeten op zoek naar de kluis van Okke.'

'Weet jij dan waar die is?'

'Ik denk het wel. Er viel mij ineens iets in!'

9

De Cock liep met stevige pas door de halfduistere kerk naar het hoofdaltaar. Hij liep zo snel dat Vledder hem nauwelijks kon volgen en voortdurend dreigde te struikelen over de hindernissen die hij op zijn weg vond.

'Pas je een beetje op, De Cock. Ik zie geen hand voor ogen, straks ga ik hier nog onderuit.'

'Als je op zondag wat vaker naar de kerk was gegaan,' grinnikte De Cock, 'had je nu geen hinder ondervonden.'

'Als ik op zondag naar de kerk was gegaan, had ik niet kunnen voetballen,' mopperde Vledder terwijl hij een houten kerkbank ontweek.

'Schijn mij 's bij.'

De Cock stond voor het hoofdaltaar. Het was een eenvoudig houten exemplaar, zoals de hele kerk soberheid en eenvoud uitstraalde. Hij wees op het tabernakel in het midden van het altaar, dat zich tussen twee nissen bevond en waarin verveloze heiligenbeelden stonden, waarvan waarschijnlijk niemand meer wist wie ze waren. Vledder had zijn zaklamp tevoorschijn gehaald en met het felle witte licht bescheen hij over de schouder van de oudere rechercheur het kastje. Het houten deurtje bestond uit houtsnijwerk dat een onduidelijk, maar ongetwijfeld Bijbels tafereel moest voorstellen.

'Dit is het tabernakel,' zei De Cock. 'Daarin bewaart men het lichaam van Christus.'

'Pardon?'

'Bij wijze van spreken, Dick. Hierin liggen de hosties, symbool voor het lichaam van Christus. En in sommige kerken bewaren ze hierin ook hun andere kostbaarheden en relikwieen. Dan hebben ze in plaats van een houten kastje een kluis.'

'Een echte kluis?'

'Ja, Dick, zo een waar de gewone burger thuis zijn kostbaarheden in bewaart. Al hangen ze er in de kerk een passend gordijntje voor, begrijp je?'

Het begon bij Vledder te dagen. Niet dat hij thuis een kluis met kostbaarheden had, maar hij begreep waar zijn collega heen wilde. 'En nu denk jij dat Okke deze houten kluis heeft uitgekozen om zijn geld in op te bergen.'

'Precies!' zei De Cock triomfantelijk. Hij opende het deurtje en keek in de met wit linnen beklede binnenkant van het kastje. Er lag niets in. Vledder kwam dichterbij met zijn licht maar het kastje bleef even leeg.

De Cock reageerde teleurgesteld. Hij was zo overtuigd geweest van zijn idee dat hij zich eigenlijk niet kon voorstellen dat er niets in het tabernakel te vinden zou zijn.

Vledder nam daar geen genoegen mee. 'Hou eens vast.'

Hij overhandigde De Cock zijn zaklamp en begon zelf aan het witte linnen in het kastje te trekken. Hij vond een opening en ging met zijn hand onder de stof. 'Hebbes!'

Hij trok zijn hand terug en nam voorzichtig, in dezelfde beweging, een stapeltje bankbiljetten mee. Tien briefjes van vijftig. Hij floot. 'Vijfhonderd euro.'

De Cock glimlachte vergenoegd. 'Een heel kapitaal voor iemand als Okke. Niet zo vreemd dat hij ze in de kluis wilde bewaren!' Hij deed het deurtje van het tabernakel dicht. 'Een boel geld...' zei hij nadenkend.

Vledder stopte de bankbiljetten in een plastic zakje en borg dat op in de binnenzak van zijn leren jack. 'Hoe komt zo'n gast daaraan?'

Over die vraag brak De Cock zich ook al het hoofd.

Om zichzelf een hordenloop door de kerk te besparen, en omdat de voordeuren waarschijnlijk op slot zouden zijn, besloot De Cock de kerk via de pastorie te verlaten.

Toen ze in het bescheiden keukentje aankwamen schrok Sally op uit een blaadje dat ze aan tafel zat te lezen. 'Ik wist niet dat u nog in de kerk was...'

'Wij waren nog even naar iets op zoek, vandaar,' legde De Cock uit. 'Is de kleine Jesse al klaar met eten?'

'Hij was net in slaap gevallen en volgens de vroedvrouw moet ik hem dan niet storen.' Ze glimlachte, maar De Cock wist vrijwel zeker dat ze het kind had gebruikt als smoes om een einde te maken aan hun gesprek. Sally sloeg het blad dicht en haalde een hand door haar haar. Ze probeerde een opgeruimde indruk te maken. 'Hebt u gevonden wat u zocht?'

'Jawel, en meer dan dat.' Hij gaf Vledder een teken en die haalde het plastic zakje met geld uit zijn binnenzak. 'Vijfhonderd euro.'

Sally keek ernaar alsof er een wonder had plaatsgevonden. 'Waar... Waar hebt u dat gevonden?'

'In het tabernakel. De schatkamer van de kerk.'

Ze probeerde zich te hernemen maar had het er zichtbaar moeilijk mee. 'Is dat geld van Okke?'

De Cock nam het zakje over Vledder. 'Het staat er niet op. Ik bedoel, dat valt nu hij dood is niet met zekerheid te zeggen.' Hij trok een rimpel in zijn voorhoofd. 'Wij nemen aan van wel, tenzij het geld van jullie is.'

Sally sperde haar ogen open en liet een hoge giechel horen. 'Van ons? O nee, nee nee. Vijfhonderd euro, ik zou willen dat ik zo veel geld had!'

'Maar als het dan van Okke was, dan was het voor hem ook een hoop geld. Enig idee hoe hij daaraan gekomen kan zijn?' Hij stelde de vraag voorzichtig, maar Sally schoot nu uit haar slof.

'Hij zal het wel gestolen hebben! Zoals hij altijd alles pikte. Okke had nergens respect voor, nergens! Ook voor pastoor Vrijens niet. U had eens moeten horen wat hij allemaal riep als hij voor het altaar stond. Het verbaast me niks dat hij is gevonden in die ouwe soutane van de pastoor. Ik ben niet gelovig opgevoed, maar een beetje respect is mij echt wel bijgebracht.'

'Daar ben ik van overtuigd, Sally,' probeerde De Cock de opgewonden vrouw te sussen. 'Maar dan moet hij het toch van iets of iemand hebben gestolen.'

Sally's gezicht was rood aangelopen en ze hijgde licht. 'Dat weet ik niet. Dat is uw werk, lijkt me.'

'Daar heb je gelijk in. Zou Vincent ons op weg kunnen helpen, denk je?'

'Vince? Die ziel, daar zit geen kwaad bij. Zo simpel als hij is, zo veel respect heeft hij. Hij wel.'

'Hij lijkt mij anders een ruime gebruiker,' merkte Vledder eufemistisch op.

Sally verstrakte. 'Ik zie Vince als een slachtoffer. Ook van jullie.'

Vledder viel even stil. 'Pardon?'

'Jullie jagen mensen zoals hij op, tot ze nergens meer een plek hebben waar ze kunnen schuilen.'

Vledder wilde Sally flink de waarheid vertellen, maar De Cock kwam tussenbeide. 'Sally, ik begrijp wat je denkt en ik geloof zeker dat Vince het slachtoffer van zijn omgeving is, maar uiteindelijk kiest hij zelf voor een leven op straat en mocht hij zelfs deze kerk niet binnen.'

'Van Okke! Van mij had dat best gemogen. En soms, als Okke er niet was...'

'Dan liet je hem even binnen.'

Sally knikte.

'En wat vond Pronk ervan, dat Vince hier rondhing?'

Er kwam weer iets van haar felheid terug. 'Alsof het die lui iets kan schelen. Dat soort is alleen voor zichzelf op de wereld. Die gast van Pronk gebruikte de kerk voor zijn eigen pleziertjes!'

'O ja? Wat voor pleziertjes dan?'

Sally spitste haar oren in de hoop een geluid van haar Jesse te horen. 'Dat moet u maar eens vragen aan de nicht van de pastoor, die stond met hem te zoenen! Ik geloof dat ik mijn kind hoor, u komt er zelf wel uit!'

Er heerste in de pastorie een doodse stilte, maar Sally haastte zich het keukentje uit.

'De nicht van de pastoor?' herhaalde Vledder de woorden van de jonge vrouw. 'Wat bedoelt ze daar nou weer mee?'

Toen ze op het bureau aan de Warmoesstraat arriveerden werden ze opgewacht door Els Peeters, de wachtcommandant.

'Ha, De Cock,' baste ze met haar rauwe stem. 'Buitendam wil je spreken.'

Hij liep langs de balie en ging meteen op weg naar de stenen trap. 'Dank je wel, Els. Ik zal hem straks zeker even opzoeken.'

'Nu.'

Het klonk als een commando en dat ging De Cock toch iets te ver. Hij hield stil voor de trap en draaide zich langzaam om. 'Wat zei je, Els?'

De wachtcommandant begreep dat ze haar hand had overspeeld en nam gas terug. 'Ik bedoel dat de commissaris je nu wil zien, De Cock. En hij klonk nogal nerveus. Erg nerveus.'

Hij zuchtte. 'Ga jij maar vast naar boven, Dick, dan zoek ik de commissaris op.'

'Doe je hem wel mijn hartelijke groeten?' vroeg Vledder glimlachend, terwijl hij met grote passen de stenen trap nam.

In zijn kamer stond Buitendam al op De Cock te wachten. Tot in de puntjes verzorgd in zijn gala-uniform met gouden tressen en dito knopen, die hem zelfs een zweem van autoriteit gaven. Onder zijn arm hield hij zijn pet geklemd.

'U... eh... zocht mij?'

'Jazeker, De Cock, en ik ben blij dat je er eindelijk bent, want ik had eigenlijk al weg moeten zijn.'

'Laat mij u niet ophouden,' zei hij gedienstig en hij opende de deur van de kamer.

'Nieuwjaarsreceptie op het hoofdbureau.'

'Een van de hoogtepunten van het nieuwe jaar!' glunderde De Cock. De commissaris keek hem argwanend aan, maar De Cock gaf geen krimp.

'In ieder geval een gelegenheid om de collega's te ontmoeten en om te horen welke volstrekt onuitvoerbare voornemens de hoofdcommissaris nu weer heeft weten te verzinnen voor zijn toespraak. Maar vooruit, welke vooruitgang is er te melden in de kerkmoord?'

De Cock voelde zich overvallen door de vraag. 'Vooruitgang?'

'Ja,' reageerde de commissaris ongeduldig. 'Hoe staat het onderzoek, wat heb je ontdekt, wie wordt er verdacht? Vooruitgang!' Het was alsof hij een middelbareschoolklas toesprak.

'Ik heb nog geen idee,' sprak De Cock naar waarheid en daar voelde Buitendam zich weer door overvallen. Hij was even sprakeloos en spreidde in onbegrip zijn armen, waardoor zijn pet op de grond viel. 'Je hebt toch wel iets? Het is het eerste waar ze straks naar vragen. Een moord in een kerk, dat maakt nog altijd de tongen los. Ik kan toch niet aan komen zetten met niets!'

'Dan verzint u wat.'

'Verzinnen? Wat?'

'Geen idee.'

De commissaris wilde nog iets zeggen, maar hij bedacht zich. Hij bukte zich en raapte zijn pet op. 'Je laat me weer mooi in de kou staan, De Cock. Eruit!'

Hij denderde langs zijn rechercheur heen naar buiten en sloeg met een klap de deur van zijn eigen kamer dicht.

De Cock en Vledder overbrugden de afstand tussen het oude politiebureau en de kroeg van Smalle Lowietje. Ze sjokten door de hoerenstraatjes, maar hadden geen oog voor de dames die zichzelf etaleerden achter de ramen voor hun zoekende bezoekers.

'Weet je wat het vreemde is,' bromde De Cock, 'steeds als je trekt aan een draadje in de zaak van de vermoorde Okke, gaat er iets bewegen bij de familie Pronk. Maar ik zie geen relatie.'

'Behalve dan de kerk.'

'Een leeg gebouw, dat geen dienst meer doet als kerk en op de nominatie staat om grondig verbouwd te worden en een andere bestemming te krijgen.'

'Tegen de zin van de pastoor.'

'Maar wat heeft dat met Okke Koops te maken?'

In het café van Smalle Lowietje hing de gemoedelijke sfeer die hoort bij een oude bruine kroeg in het hartje van de binnenstad. Op de achtergrond zong een bekende zanger over een pikketanissie en aan de ronde tafel zat de vaste kaartploeg te klaverjassen. In de hoek gooide Gerrit de bloemenman de opbrengst van die dag in de gokmachine. De Cock stond aan de toog en nipte voorzichtig van een cognacje dat hem door de schriele kroegbaas met zorg was ingeschonken.

Vledder zat achter een biertje te broeden op een theorie. 'Weet je wat ik denk...' begon hij.

'Nee,' antwoordde Lowie. 'Maar het feit dat je überhaupt denkt stemt mij hoopvol!'

Vledder besloot hem te negeren en Lowietje spoelde kakelend lachend zijn glazen.

'De Cock?'

'Nou?'

'Ik denk dat Okke Vince heeft betrapt, terwijl hij in de kerk was. Of Vince heeft Okke betrapt, terwijl hij de draak stak met de kerk en dat tapijt om zijn schouders droeg.'

'Soutane.'

'Whatever. Die twee mannen hebben elkaar getroffen en er ontstond een gevecht, dat uiteindelijk door Vince werd gewonnen.'

'En wat deed Vince in de kerk?'

'Misschien was hij op zoek naar dat geld.'

'Hoe wist hij dat Okke geld had?'

'Hij heeft je dat zelf verteld: "Okke had geld!"' Hij deed de falsetstem van Vincent na.

De Cock dronk en wiebelde van zijn ene voet op de andere.

'Waarom ga je niet op je kruk zitten?' wilde Lowie weten.

'Ik heb last van mijn rug, Lowie, dan kan ik beter blijven staan.'

De kroegbaas droogde een schoon glas met zijn smerige doek. 'Waarom wiebel je dan zo, ik word er bloednerveus van.'

'Omdat mijn kuiten kriebelen,' antwoordde De Cock gepikeerd.

'Dus je kan niet zitten vanwege je rug en je kan niet staan vanwege je kuiten. Misschien moet ik een rekstok installeren, dan kan je lekker hangen!' Lowie moest zo hard lachen dat het glas bijna uit zijn handen viel.

De Cock wilde hem getergd wijzen op zijn plek als horecaondernemer, maar gelukkig ging zijn telefoon. 'De Cock.'

'Els hier,' sprak de wachtcommandant luid, zodat het halve café kon meegenieten. 'Ik heb een klantje bij de balie staan dat per se met jou wil spreken.'

'Zeg hem maar dat ik morgen tijd voor hem heb.'

'Dat wil ik best doen, en ik wil natuurlijk niet zeggen dat je nú moet komen...' Els hield een kleine pauze vanwege het effect. 'Maar hij zegt dat het belangrijk is, het gaat om die moord in die kerk.'

10

Toen ze het bureau weer betraden zagen ze op het bankje naast de deur de forse gestalte van Jeroen Kemper. Die stond langzaam op en keek de rechercheurs afwachtend en ook wat uitdagend aan. Zijn gezicht, dat van nature een norse uitdrukking had, stond op onweer.

'Daar bent u dus!' Hij deed dreigend een stap naar voren, maar De Cock was niet in het minst geïntimideerd.

Hij liep straal langs hem heen naar het trapje dat leidde naar de gang achter de balie. 'Volg mij.'

Kemper leek even in verwarring nu de grijze rechercheur de regie over de ontmoeting zo snel had overgenomen. Hij keek naar Vledder, maar die reageerde niet en wachtte tot Kemper zich in beweging zou zetten.

De Cock liep door de troosteloze, grijze gang op weg naar een verhoorkamer. Hij keek door het raampje in de deur of de kamer vrij was en opende de deur. Hij liet Kemper als eerste naar binnen gaan en plaatsnemen aan de houten tafel met het bekraste tafelblad waaraan in de loop der jaren honderden mensen hun beklag hadden gedaan en vele verdachten hun zonden hadden opgebiecht.

De Cock zelf bleef staan, zodat de jonge man naar hem moest opkijken. Hij had bij binnenkomst intuïtief aangevoeld dat Jeroen verhaal kwam halen over het bezoek dat hij en Vledder die middag bij Sally hadden afgelegd en hij had geen enkele behoefte daarvoor verantwoording af te leggen. Het was zijn ervaring dat een gesprek in een van de verhoorkamers voor buitenstaanders ontnuchterend werkte.

'Mag ik vragen naar de reden van je komst?'

'Ja!' Jeroen zocht naar de opstandigheid die hij had gevoeld toen hij het bureau binnenkwam. 'U was vanmiddag bij Sally en u hebt haar van streek gemaakt.'

'Dat spijt mij.'

'Dat spijt u helemaal niet,' beet hij De Cock toe.

'Toch wel, het was niet mijn bedoeling om haar van streek te maken.'

'Dan wil ik graag weten wat uw bedoeling wel was.' Jeroen Kemper had duidelijk weer iets van zijn vertrouwde recalcitrante houding teruggevonden.

De Cock zette zijn handen plat op tafel en boog zich voorover, zodat zijn gezicht dicht bij dat van de jonge man kwam. 'Ik leid een moordonderzoek, Jeroen. Er is een man vermoord in de kerk waarin jij woont.'

'Wij waren niet aanwezig op –'

'Dat ontslaat mij niet van de taak,' onderbrak De Cock hem bruusk, 'om de omstandigheden te onderzoeken waaronder Okke Koops is overleden. En ik wil u wel waarschuwen dat ik niet gewend ben dat iemand mij vertelt hoe ik mijn onderzoek dien uit te voeren.' Ter afsluiting van de zin sloeg hij met zijn hand op tafel.

Van de recalcitrante houding was bij Jeroen niet veel meer over. 'Dat begrijp ik.'

'Fijn.' De Cock richtte zich weer op en liet niets blijken van de pijnlijke steek in zijn rug. 'Mag ik dan nu weten waarmee wij Sally van streek hebben gemaakt?'

Jeroen schoof ongemakkelijk op zijn stoel. 'Ze is net bevallen, dan zijn vrouwen vaak… wiebelig, al die hormonen en zo, ze is gewoon gevoelig voor alles wat niet vertrouwd is.' Hij keek op naar De Cock en probeerde te doorgronden of deze verklaring afdoende was, maar die zweeg.

'Wij waren op de dag van de moord naar de ouders van Sally. Vanwege oud en nieuw natuurlijk en ook omdat zij Jesse nog niet hadden gezien. Wij hoorden pas van de moord op Okke toen u het ons vertelde.'

'Gingen jullie niet wat vroeg op pad met jullie pasgeboren kind?' vroeg De Cock uiteindelijk.

Jeroen lachte kort. 'De vroedvrouw was er erg op tegen, maar we hadden het nu eenmaal zo afgesproken en op een jaarwisseling in die koude kerk zaten we ook niet te wachten.'

'Wanneer gingen jullie precies naar de ouders van Sally?'

'De dag voor oud en nieuw.'

'Hoe laat?'

'Einde van de dag. Ik had eerst nog gewerkt.'

'Hebben jullie Okke nog gezien voor jullie weggingen?'

'Ik probeerde Okke zo min mogelijk te zien, meneer De Cock. Ik gun niemand zo'n einde, maar ik kan niet ontkennen dat zijn dood een opluchting betekent.'

'Dat hebben wij van Sally begrepen, ja.' De Cock trok een stoel naar achteren en ging tegenover Kemper zitten. 'Je hebt ons nog steeds niet verteld waarmee wij Sally overstuur hebben gemaakt.'

Jeroen richtte zijn blik op het tafelblad. 'Zoals ik net zei...'

'Waar was je zo boos over toen je naar het bureau besloot te gaan,' drong De Cock aan. 'Jeroen?'

Kemper keek hem recht aan en wendde toen zijn gezicht af en keek naar de deur van de verhoorkamer, alsof hij spijt had dat hij ooit naar het bureau was gekomen en het liefst meteen weer naar buiten zou lopen. 'Dat geld is van ons,' zei hij uiteindelijk.

'Welk geld?' vroeg De Cock naar de bekende weg.

'Die vijfhonderd euro.'

Vledder haalde het plastic zakje tevoorschijn. 'Deze vijfhonderd euro?'

'De vijfhonderd euro die u in de kerk hebt gevonden,' antwoordde Kemper korzelig. 'Ik heb ze aan Okke gegeven.'

De Cock trok zijn wenkbrauwen op, enigszins verrast door deze nieuwe wending. 'Waarom heb jij Okke geld gegeven?'

Kemper ging met het puntje van zijn tong langs zijn lippen. Hij zocht de juiste woorden om zijn verhaal te vertellen. 'Okke...' begon hij aarzelend. 'We hebben Okke toegestaan om bij ons in de kerk te komen. Zolang we geen last van hem hadden. Dat was de afspraak.'

'Maar daar hield hij zich niet aan?'

'Nee. Ik kan hier allerlei voorbeelden geven, maar het antwoord is gewoon: nee. Hij was onbetrouwbaar, we troffen hem soms in onze keuken aan en sinds ik weer een baantje heb voelde Sally zich niet veilig. En nu met Jesse...' Hij viel stil, alsof hij De Cock de gelegenheid wilde geven het verhaal zelf af te maken.

'Waarvoor diende die vijfhonderd euro? Het lijkt me niet echt genoeg om in een andere woonruimte te voorzien.'

'O nee, nee, natuurlijk niet. Ik heb een heel gesprek met Okke gehad, omdat ik vond dat ik met hem praten moest, hem moest uitleggen hoe wij over hem dachten.'

'En ging dat gesprek goed?'

Het norse gezicht van Kemper brak open en kreeg een bijna vrolijke uitdrukking. 'Boven verwachting. Hij begreep het, hij zei dat hij er zelf ook genoeg van had. Hij was nu al jaren in Amsterdam en de stad had hem niets gebracht.' Hij boog zich vertrouwelijk voorover. 'U moet weten dat Okke hier niemand had. Hij heeft een tijdje bij de kraakbeweging rondgehangen, of wat daar nog van over is, maar daar is hij ook uit gegooid. Hij was een eenzame jongen. Hij wilde terug naar huis.'

'Naar huis?' vroeg Vledder verbaasd.

'Naar zijn ouders, ergens in het noorden van het land. Hij had ze al jaren niet gezien, maar sinds kort had hij het goedgemaakt.'

'Hij wilde terug naar zijn ouders?'

'Zo zei hij dat. En ik geloofde hem, ik heb met hem gesproken, hij zat er echt helemaal doorheen.'

'En die vijfhonderd euro?' wilde Vledder weten.

'Hij bezat niks, helemaal niks. Hij kreeg ook geen uitkering of zoiets. Hij had geld nodig voor de trein en voor wat nieuwe kleren.'

'En dat heb jij hem gegeven?'

'We konden het eigenlijk niet missen, maar we wilden Okke deze kans niet ontnemen.'

De Cock stond op. 'Kom, kom, Jeroen, Okke kon je niets schelen. Je was blij om op deze manier van hem af te komen.'

Kemper onderdrukte een grijns. 'Dat was een prettige bijkomstigheid.'

Bij het afscheid had Jeroen Kemper zich beschaamd tot De Cock gewend. 'Zou ik die vijfhonderd euro terug kunnen krijgen? Tenslotte is het geld van ons.'

'Voorlopig moet ik het geld bestempelen als bewijsmateriaal en daarna zou u moeten bewijzen dat het inderdaad van jullie is.'

Kemper nam het antwoord zwijgend in ontvangst en verliet het bureau een stuk minder zelfbewust dan hij er binnengekomen was.

'Ze zouden het natuurlijk goed kunnen gebruiken, met die kleine en zo.' Vledder keek zijn chef polsend aan.

'Dat denk ik ook.'

'En ik zou best kunnen vergeten dat we het geld hebben gevonden...' voegde hij er suggestief aan toe.

Maar daar stond De Cock toch niet voor open. 'Dick! Laten we nu eerst maar eens die moord oplossen.'

'Makkelijker gezegd dan gedaan,' zei Dick Vledder, die languit in zijn bureaustoel lag en elastiekjes naar het plafond schoot.

'Wat?' vroeg De Cock verstrooid.

'Die moord oplossen. We hebben bij iedere zaak wel een los eindje gehad, maar als ik naar deze zaak kijk zie ik een bord met spaghetti.'

De Cock zette zijn ellebogen op het bureaublad en ondersteunde zijn hoofd met zijn handen. 'Geld is een motief voor moord.'

'Vijfhonderd euro, niet echt een kapitaal.'

'Het geldt ook voor de kerk. Daar draait het ook om geld. Vrijens was niet blij met de koerswissel van Pronk om van de kerk een grand café te maken. En dat was toch echt ingegeven door geld.'

'Waar hij nogal gek op was, volgens zijn vrouw.'

'Die zelf garen spint bij de dood van haar man.'

Vledder ging rechtop zitten. 'Wil je nou beweren dat Pronk ook is vermoord?'

De Cock tuitte zijn lippen. 'Op een of andere manier krijg ik het idee dat de twee zaken onlosmakelijk met elkaar verbonden zijn. En ik zou voor de moord op Pronk inderdaad wel een aantal motieven weten. Laten we morgen nog maar eens met de belangrijkste spelers spreken. Laat de pastoor en zijn nicht hier op het bureau komen, dan –'

Hij werd abrupt onderbroken door commissaris Buitendam, die ineens midden in de grote recherchekamer stond en zijn vinger in zijn richting priemde. 'Een lege kerk, De Cock,' begon hij op hoge toon en met een rode blos op de wangen. 'Een lege kerk. Dat trekt allerlei gespuis aan, handige jongens die denken dat er vast nog wel iets te halen valt. Heiligenbeelden zijn geld waard op de zwarte markt. Heel goed mogelijk, heel goed mogelijk,' herhaalde hij met grote nadruk, 'dat er die dag voor oud en nieuw in de kerk werd ingebroken en dat de inbreker werd betrapt door die kraker. Er ontstaat een gevecht en die dief geeft de kraker een klap met zijn koevoet!' Hij keek De Cock vol verwachting aan.

'Want die had hij bij zich, die koevoet?'

'Ja, nee, nou ja, of iets anders. Hij slaat die arme jongen op zijn hoofd en vlucht weg. Wat zeg je me daarvan?' Maar voor De Cock kon antwoorden ging de commissaris alweer verder. 'De hoofdcommissaris vond het een heel plausibele theorie. Zo zei hij dat: een heel plausibele theorie. Dat had jij ook kunnen bedenken, De Cock. Ga d'r achteraan, man.'

En net zo snel als hij was gekomen was commissaris Buitendam ook weer verdwenen, maar zijn onstuitbare woordenstroom echode nog na in de kamer.

'Wat is er met hem aan de hand?' vroeg Vledder.

De Cock stak verontschuldigend een hand op. 'Nieuwsjaarborrel.'

Er was iets, iets wat De Cock niet pakken kon, maar wat rond zijn hoofd zoemde als een irritante mug in een zomernacht. Een gedachte, een ingeving, een... Hij had er de hele avond last van, maar pas diep in de nacht, toen hij allang in bed lag, opende hij zijn ogen en wist wat hem zo had beziggehouden. Hij schurkte zich omhoog in zijn kussens en wreef in zijn ogen. Dat was het. Natuurlijk! Maar hoe paste het in het beeld van deze zaak?

'Is er wat?' Het slaperige, ongeruste geluid kwam van onder het dekbed vandaan.

'Nee, 't is niks. Ik... was ineens wakker. Ga maar weer slapen.'

'Ik kan pas slapen als jij gaat slapen,' klonk het zwak.

'Dat is goed, lieve.' De Cock schoof weer onder het dekbed en trachtte zijn gedachten op een rij te zetten. Maar dat was vergeefs, want hij had zijn ogen nog niet gesloten of hij lag vredig in Morpheus' armen te slapen.

De volgende ochtend was hij al vroeg zijn bed uit. Hij had zich gedoucht en geschoren en werkte in de keuken een bakje yoghurt met fruit naar binnen. Niet zijn favoriete ontbijt, maar dat kreeg hij alleen nog maar in het weekend. Doordeweeks was het yoghurt met fruit; vanwege zijn gezondheid, had zijn vrouw besloten.

'Wat had je nou ineens vannacht, toen je wakker werd?' vroeg ze belangstellend terwijl ze nog een koffie voor hem inschonk.

'Een ingeving, het antwoord op een vraag die al de hele dag door mijn hoofd had gespookt.'

'Houdt het verband met die moord?'

Het koffiekopje zweefde tussen het schoteltje en zijn lippen, terwijl hij kort nadacht. 'Dat denk ik wel.' Het kopje vervolgde zijn weg naar zijn lippen. 'Maar ik ben bang dat dat alleen maar meer vragen oproept.'

'Daar vind jij vast ook wel weer de antwoorden op,' antwoordde zijn vrouw vol vertrouwen.

'Vast,' verzekerde De Cock haar. Maar diep in zijn hart was hij daar zelf niet van overtuigd.

11

Toen De Cock op het bureau arriveerde was pastoor Vrijens al aanwezig. Hij zat op het bankje naast de deur en las in een huis-aan-huisblaadje. Hij zag er klein en kwetsbaar uit, kwetsbaarder dan de laatste keer dat De Cock hem had gezien. Hij had zijn overjas aan de kapstok gehangen en in het felle tl-licht zag zijn zwarte pak er sleets uit, met glimmende plekken op de ellebogen. Hij legde het krantje naast zich op de bank en stond op. Een milde uitdrukking stond als immer op zijn gelaat getekend.

'Mijn nicht komt wat later, ze had een afspraak bij de dokter.'

'Geen probleem.' De Cock dirigeerde hem richting de verhoorkamer en vroeg in het voorbijgaan aan de wachtcommandant of die Vledder wilde waarschuwen.

In de verhoorkamer nam de priester plaats op de houten stoel. Hij zette zijn ellebogen op het tafeltje voor zich en vouwde zijn handen. Verwachtingsvol keek hij de grijze rechercheur aan. Die besloot met de deur in huis te vallen.

'U hebt mij verteld dat Koen Pronk de kerk kocht om er een museum in te beginnen.'

Het oude hoofd van de priester begon te glimmen. 'Als waardering voor mijn levenswerk, inderdaad. U moet weten dat ik mijn werkend leven in dienst van de Heer heb doorgebracht in de Vituskerk, en dat dat de kerk is waar Koen ooit is gedoopt door mijn voorganger de eerwaarde Jozias de Voogd die nu alweer sedert jaren terug is bij zijn Heer, de herder van ons allen. En hoewel Koen in zijn volwassen leven niet elke zondag meer de mis bijwoonde, heeft de Vitus altijd een warme plek in zijn hart gehad en heeft het geloof, en dat is toch het belangrijkste, meneer De Cock, heeft het geloof hem nooit verlaten.'

Hij keek op toen Vledder de deur opende en leek aangenaam verrast, alsof hij een goede vriend zag binnenkomen. 'Goedemorgen!'

Vledder groette vluchtig terug en richtte zich toen tot zijn chef. 'Sorry, ik wist niet dat je al binnen was.'

De Cock wuifde het excuus weg. 'We zijn net begonnen.'

'Kortom,' hervatte Vrijens zijn verhaal, 'door het genereuze aanbod van Koen kan ik te zijner tijd wederom mijn intrek nemen in de kleine pastorie en kan, en dat is natuurlijk het belangrijkste in deze tijden van secularisatie, de Vituskerk zijn functie behouden.'

De Cock had tegenover de priester plaatsgenomen. 'Dat is een mooi plan, en wat u zegt: een genereus aanbod.' Hij keek Vrijens in de ogen, waarin een twijfel schemerde die hij met zijn herderlijke glimlach probeerde te maskeren. 'Maar dat plan zal nooit werkelijkheid worden.' Hij haalde met één zin het hele verhaal van Vrijens onderuit. De glimlach rond diens lippen bevroor.

De Cock wreef meer zout in de wonde. 'Pronk wilde er een grand café in beginnen.'

Vrijens zwaaide met zijn handen, in een poging te redden wat er te redden viel. 'Dat was een plan, daar heb ik met hem over gesproken. Dat was tegen de afspraak, dat wist hij heel goed.'

'Wanneer hebt u daar met hem over gesproken?'

'Ik weet het niet precies... vorige week.'

'Na de kerst?'

'Voor de kerst, ja, voor de kerst. Ik hoorde het...'

'Van hem?'

'Ik kwam hem tegen en we maakten een praatje, zoals wel vaker. En toen... ja, toen heeft hij het mij verteld. Maar ik heb hem uitgelachen, nee, niet uitgelachen,' corrigeerde hij zichzelf. 'Ik heb hem vriendelijk uitgelegd dat daar natuurlijk geen sprake van kon zijn. We hadden afspraken gemaakt.'

'Stonden die afspraken op papier?'

'Nee, nee, natuurlijk niet. Het was een afspraak onder vrinden. Met die afspraak heb ik het bisdom kunnen overtuigen om de kerk, als ze die dan toch met alle geweld wilden verkopen, te verkopen aan een godvruchtig man met een groot plan!' Zijn ogen schitterden, alsof hij hun niets minder dan een wonder presenteerde.

'Maar hij hield vast aan zijn horecaplan,' constateerde De Cock.

Het kleine knuistje van de pastoor kwam met een klap op tafel terecht. 'Het was een afspraak!' Van de milde, bescheiden priester was weinig meer over. 'Maar hij heeft mij bedonderd. Bedonderd!' Hij sloeg nu met twee vuisten op tafel.

Vledder deed een stap naar voren en legde een hand op de schouder van de priester. 'Zal ik wat water voor u halen?'

Vrijens zei niets, maar tuurde woest over het tafelblad en haalde onregelmatig adem.

De Cock knikte. 'Zijn dood kwam u dus niet slecht uit,' zei hij met zachte stem.

Maar Vrijens hoorde hem niet, of deed alsof hij hem niet hoorde. Hij kraste met een nagel over de tafel. 'Judas!' Het klonk als een scheldwoord en zo was het ongetwijfeld ook bedoeld. Ineens richtte hij zijn hoofd op en keek De Cock blijmoedig aan. 'En zij betaalden hem dertig zilverlingen uit. Mattheus 26.'

Onwillekeurig moest De Cock denken aan die arme Vincent voor de kerkdeur. 'Heeft de dood van Koen Pronk iets aan de situatie veranderd?' vroeg hij.

'Ik verwacht dat zijn vrouw de afspraken zal respecteren,' antwoordde Vrijens voorzichtig.

'Zij heeft u haar antwoord al gegeven? Toch?'

De priester balde zijn vuisten weer in woede, maar hij haalde diep adem en besloot zich in te houden. 'Ik ben daarover met haar in gesprek.'

'U hebt ruzie met haar gemaakt over de telefoon.'

Vrijens keek met een ruk op. 'Wie zegt dat?' En toen trok er een sluw lachje rond zijn dunne lippen. 'Laat maar, ik begrijp het al. Mijn eigen nichtje. Hoewel u niet alles moet geloven wat het lieve kind zegt.' Hij stak waarschuwend een vinger in de lucht. 'Het arme wicht heeft een bipolaire stoornis. *Himmelhoch jauchzend, zum Tode betrübt.* Dat is ons Leonieke.'

'Mevrouw Pronk heeft mij bevestigd dat de kerk een horecabestemming krijgt en dat vergunningen van de gemeente al rond zijn. Ze beginnen eerdaags met de verbouwing.'

De priester verschrompelde voor hun ogen. Zijn kleine vuistjes lagen machteloos voor hem op het tafelblad. Zijn hoofd was tussen zijn schouders gezakt.

'Maar ik heb hem niet gedood, als u dat soms dacht,' sprak hij nauwelijks hoorbaar. 'Wat Koen ook heeft gedaan, het oordeel is aan die Ander, die alles ziet en alles hoort, de rechtvaardige God.'

Hij probeerde het overtuigend te laten klinken, maar De Cock hoorde alleen de holle woorden.

Leonie Vrijens was in alles het tegenbeeld van het sleetse, stoffige beeld dat de oude priester had achtergelaten. Ze zag er frivool uit in een kort jasje van namaakbont en met een vrolijke, scheve rode strik in haar haar. Ze ging aan het tafeltje in de verhoorkamer zitten alsof ze plaatsnam in een gezellig café. 'O en een kopje koffie als het eraf kan. *I'm dying for a coffee.*'

De Cock gaf Vledder een teken en die verdween weer uit de kamer.

Leonie frunnikte met twee handen in haar bruine krullen in een poging de scheve strik recht te zetten, maar toen dat niet lukte rukte ze hem met een geïrriteerde zucht uit haar haar. Daarna glimlachte ze naar De Cock. '*Shoot*.'

'Pardon?'

'Vraag maar wat je te vragen hebt.'

Omdat Leonie recht op de man afging, besloot De Cock recht op de vrouw af te gaan. 'Bent u er zich van bewust dat de Vituskerk wordt omgebouwd tot café?'

'Ja, en een B&B, heb ik gehoord. Erg, hè? Maar ja, geef ze ongelijk, zeg, dat levert natuurlijk veel meer op.'

'Uw oom dacht dat er een museum zou worden geopend in de kerk.'

'Ouwe gek. Ja, sorry dat ik het zeg, maar het is toch zo. Een museum? Wie zit daar nou op te wachten? Behalve hij dan, hè.' Ze liet een vrolijke lach horen.

'Wat vindt u daarvan?'

'Wat moet ik ervan vinden?'

Vledder kwam binnen met twee bekertjes koffie. Hij zette er een voor Leonie neer. Uit zijn broekzak haalde hij zakjes met suiker en poedermelk. Leonie glimlachte hem dankbaar toe en gaf hem een snelle, kleine knipoog.

'Uw oom zou terugkeren naar de pastorie als het museum geopend zou worden.'

Leonie blies over het bekertje koffie heen en knikte.

'Tot dat moment zou hij bij u blijven inwonen,' ging De Cock verder.

Ze nam een klein slokje en knikte weer.

'Dus als dat museum niet door zou gaan…' Hij maakte zijn zin niet af, maar de suggestie hing als een valbijl in de lucht.

Leonie zag hem hangen en vertrok haar gezicht. 'Ik heb zijn aanwezigheid verdragen, het is toch familie, hè. Maar daar moet natuurlijk wel een einde aan komen. Het is niet aardig om te zeggen, maar mijn huis begint ervan te stinken.'

Vledder schoot in de lach.

'Ja, echt! Die ouwe troep van hem, die hij weigert weg te gooien, die ligt daar maar te meuren in die kamer, hè. En ik kan ook niemand meenemen, mee naar huis nemen, begrijp je wel.'

Of het iets te betekenen had wist De Cock niet, maar Leonie uitte deze klacht tegen Vledder, die zich had teruggetrokken in een hoek van de kamer.

'Alsof ik veertien ben, hè.'

'Je bent zijn aanwezigheid zat?'

Ze wilde iets zeggen, maar hield zich in. 'Het is toch je familie, hè,' zei ze nog maar eens.

'Ben je weleens met Pronk gaan praten?'

'Ik heb hem gebeld.'

'En heb je met hem afgesproken?'

'Tuurlijk. In de kerk, dat was wat hij voorstelde, hè.'

'En wanneer was dat precies?'

Daar hoefde ze niet over na te denken. 'Dat was de vierentwintigste. Kerstavond, hè.'

'Waar wilde je met hem over spreken?'

Leonie zette grote ogen op, alsof ze niet begreep waar De Cock het over had. 'Nou ja. Waar hebben we het nou de hele tijd over? Hij had een afspraak met Louis, over dat museum. Afspraak is afspraak, dat wilde ik hem nog eens goed duidelijk maken.'

De Cock stond op en stak zijn handen in zijn zak. 'Je hebt met hem gezoend.'

'Wablief?'

'Je hebt met Koen Pronk gezoend. Was dat om hem te verleiden?'

Leonie schoof haar stoel van verontwaardiging zo hard naar achteren dat het tafeltje wiebelde en het halfvolle bekertje omviel. Ze sprong op. 'Getver!' Ze controleerde haar broek en haar bontjasje en constateerde dat er geen koffievlekken op zaten. 'Pfff, gelukkig. Dat geeft hele gore vlekken.'

De Cock had de zakdoek uit zijn broekzak gehaald die zijn vrouw er elke dag trouw in stopte en depte het vocht van het tafeltje. Daarna keek hij naar het kletsnatte doekje en gooide het in de prullenbak.

'Je hebt nog niet geantwoord op mijn vraag.'

Leonie keek hem strijdlustig aan. 'Ik heb niet gezoend met die ouwe man.' Ze keek weer naar Vledder en glimlachte. 'Zo wanhopig ben ik niet.'

'Leonie, je bent betrapt. Ze hebben je gezien toen je met hem stond te zoenen in de kerk.'

'Maar dat was niet met hem. Hij was niet komen opdagen. Hij stuurde die neef van hem. Lars.'

Het was donker in de grote recherchekamer. Een zwaar en dreigend wolkendek liet maar weinig daglicht toe en het duurde dan ook niet lang of het regenwater gutste naar beneden. Bovendien was de wind aangetrokken en die trok met hevige vlagen door de straten van de oude binnenstad. Buiten zocht het winkelend publiek een veilig heenkomen. Binnen ging de weersomslag geheel aan Vledder en De Cock voorbij. Zij zaten in het halfduister en probeerden hun gedachten te ordenen.

'Zijn we eigenlijk iets opgeschoten?' vroeg Vledder zich hardop af.

De Cock ijsbeerde door de ruimte. 'Een paar dagen voor kerst hoort pastoor Vrijens van zijn "vrind" Pronk dat er geen museum in de Vituskerk komt, maar een horecagelegenheid. Vrijens is furieus, maar Pronk laat zich niet op andere gedachten brengen. Vrijens licht zijn nicht in en die ziet de bui al hangen.'

'Nog langer die ouwe oom over de vloer!' vulde Vledder aan.

'Geen aantrekkelijke gedachte voor een jonge vrouw die wel iets meer van het leven wil.'

‘Nou! Zag je hoe ze me voortdurend zat aan te gluren?’

De Cock stak een vinger op, om zijn jonge collega bij de les te houden. ‘Leonie belt met Pronk en die stuurt zijn neef om de vrouw duidelijk te maken dat zijn plannen definitief zijn.’

‘En plotseling staan ze te zoenen!’

‘Maar dat verandert niets aan het plan dat ze met de kerk hebben.’

De Cock staarde uit het raam achter zijn bureau, dat uitzicht bood op de striemende regen die door de wind door de steeg werd gejaagd.

‘En drie dagen later is Koen Pronk dood. Gevallen, gegooid?’

‘Wat?’

‘Dat was wat Den Koninghe zei toen hij Pronk aantrof. Gevallen, gegooid, wie zal het zeggen.’

‘Wat zeg jij?’

De Cock zei niets. Hij tuurde naar buiten, waar de regenbui over zijn hoogtepunt heen leek en het daglicht het duister weer verdrong.

‘Gegooid,’ zei hij uiteindelijk. ‘Gegooid, daar ben ik inmiddels wel van overtuigd.’

‘Door wie dan?’

De Cock draaide zich om en keek Vledder met een ontwapenende glimlach aan. ‘Zeg jij het maar, kandidaten genoeg!’

12

Hoewel het niet meer zo hard regende, moesten de ruitenwissers van de oude Golf overuren maken om Vledder minimaal zicht door de voorruit te geven – wat aan de binnenkant van de ramen werd bemoeilijkt door de condensvorming vanwege het grote temperatuurverschil met buiten, waar doorweekte fietsers door de harde wind op onverwachte momenten voor de auto werden geblazen. Dit alles maakte Amsterdam tot een gevaarlijke stad om in te rijden en de jonge rechercheur vloekte binnensmonds terwijl hij met een mouw over de voorruit veegde om nog een beetje zicht te houden.

'Rustig aan, Dick.'

'Kan jij makkelijk zeggen. Ik heb geen meter zicht.'

De Cock tuurde door de voorruit en moest toegeven dat zijn collega gelijk had. 'Zet hem daar maar op de stoep, dan hoeven we niet zo ver te lopen.'

'De bon is voor jou,' bromde Vledder bozig terwijl hij de Golf voorzichtig de stoep op draaide.

De zoektocht naar Lars Weber was kort geweest. Een telefoontje had volstaan. Ellen van der Pas, de secretaresse van Pronk & Co, wist hem te vertellen dat de jongeheer op kantoor werd verwacht. Dit tot verrassing van De Cock en ongetwijfeld tot teleurstelling van de bleue secretaresse, die de aanwezigheid van Lars kon missen als de spreekwoordelijke kiespijn.

'Anneke heeft me gevraagd de lopende zaken af te handelen,' zei Lars toen hij de rechercheurs binnenliet.

'Ah, de tante,' concludeerde Vledder.

'Nu Koen er niet meer is ben ik daar de aangewezen figuur voor. Nietwaar, Elsje?'

Ellen negeerde hem en ging onverstoorbaar door met haar typewerk.

'En dat vond Anneke ook.'

'Wij wilden u graag nog even spreken,' legde De Cock uit.

Lars opende de schuifdeuren naar de voorkamer. 'Dan hebt u geluk dat u mij vandaag treft, want het kantoor is morgen gesloten vanwege de begrafenis en daarna ga ik een weekje op mijn rug in de zon liggen.'

'Dus de creditcard heb je weer terug,' mompelde Vledder nauwelijks verstaanbaar.

'Wat zegt u?' vroeg Lars, die de kamer in was gelopen en de opmerking van Vledder inderdaad niet had verstaan.

'Dat u dat ongetwijfeld verdiend zult hebben,' zei De Cock, die Vledder een waarschuwende blik zond. 'Dat weekje in de zon.'

'Daar zal niet iedereen zo over denken,' antwoordde Lars, terwijl hij tevreden in zijn handen wreef, alsof hij goede zaken had gedaan. 'Maar dat moeten ze zelf weten. De honden blaffen, de karavaan trekt voort. Dat zei Koen altijd als de mensen over hem roddelden.' Hij wees naar de ronde vergadertafel. 'Wat wilde u van mij weten?'

'Uw oom heeft de Vituskerk gekocht.'

Lars ging op een stoel zitten en sloeg zijn benen over elkaar. 'Voor een prikkie.'

'Om er een café in te beginnen.'

'Hebt u er bezwaar tegen als ik rook?' Zonder op antwoord te wachten stak hij een sigaret op. In de achterkamer keek Ellen van der Pas geërgerd op van haar werk.

'Maar dat wist niet iedereen,' ging De Cock verder.

'Nee. Dat had ook geen zin, hij wilde eerst de vergunningen rond hebben.'

'En die waren rond net voor de kerst.'

Lars keek om zich heen of hij ergens een asbak zag, en tikte de askegel toen maar in zijn hand. 'Ellen! Asbak!' Vervolgens draaide hij zijn hand om en dwarrelden de asvlokken naar de grond. 'Voor de kerst, ja. Hij wilde de eerste week van januari al met een architect en een aannemer de kerk in.'

'Daar wist pastoor Vrijens al die tijd niets van af.'

'Dat heeft hij hem meteen verteld toen de vergunningen er lagen.'

'En daar was de pastoor niet blij mee.'

Lars haalde zijn schouders op. 'Die ouwe was met pensioen. Wij deden zaken met het bisdom. Het was puur uit vriendschap dat Koen die Vrijens inlichtte.'

Ellen kwam aanlopen en schoof met zichtbare tegenzin een glazen asbak op tafel. Lars doofde zijn peuk en blies de laatste rookpluim de ruimte in.

'Daar dacht Vrijens anders over.'

Weer haalde Lars zijn schouders op. 'Naïeve ouwe gek.'

Vledder deed een stap dichterbij en kwam naast de zittende Lars te staan. 'En toen had je zijn nichtje nog niet ontmoet.'

'Leonie. Goedemorgen!'

'Goedemorgen?'

Lars voelde zich ongemakkelijk onder de blikken van bovenaf en stond op. Hij schoof de asbak naar het midden van de tafel en nam zelf plaats op de rand, tevreden dat hij weer op gelijke hoogte stond met de rechercheurs. 'Ik bedoel, dat is me d'r nogal een.'

'Uw oom stuurde u naar haar toe.'

Lars keek over de schouder van De Cock naar de achterkamer. 'Ellen! Koffie!'

De Cock draaide zich om. 'Niet voor ons, dank u.'

'Ze had gebeld, ze wilde met hem praten. Haar oom lag helemaal in de vernieling, zei ze. Maar ja, daar had die ouwe vos natuurlijk echt geen zin in.'

'Koen?'

'Koen, ja. Die zei tegen mij, ga jij maar, ze komt naar de kerk.' Hij haalde een hand door zijn haar. 'De nicht van de pastoor... dan verwacht je zo'n oud wijf met wratten op haar kin.'

Vledder grinnikte bij het idee en Lars viel hem enthousiast bij.

'Komt me daar die Leonie de kerk binnenlopen.'

'Wat wilde ze van u?'

'Dat ik tegen Koen zou zeggen dat hij een vergissing maakte.' Hij schudde zijn hoofd. 'Alsof dat iets uit zou maken.'

'Vervolgens hebt u zich aan haar vergrepen.'

Lars keek De Cock oprecht verbaasd aan. 'Sorry?'

'Jullie stonden te zoenen.'

'Nou, dat is nog keurig uitgedrukt. En ik weet niet wat voor een beeld jullie van die vrouw hebben, maar voor ik het wist stond ze tegen me op te rijden. Daar werd ze opgewonden van, zei ze, van zo'n kerk. Daar had ze het altijd al eens willen doen!'

Vledder kon er met zijn pet niet bij. 'De nicht van de pastoor?'

'En ze had me ook echt zover gekregen, als...'

'Als jullie niet waren betrapt.'

'Door dat zwangere mens, ja. Die wilde weten wat wij daar stonden te doen.' Hij knipoogde naar Vledder. 'Alsof dat niet duidelijk was!'

Ellen kwam aanzetten met een beker zwarte koffie, die ze met dezelfde tegenzin op tafel zette.

Lars keek haar na terwijl ze terugliep naar haar bureau. 'Het is een lieve meid, maar sociaal gezien een ramp.'

'Leonie?'

'Ellen. En die Leonie natuurlijk ook, dat wijf was echt gestoord. Maar goed, ik moest aan die zwangere uitleggen wie ik was en wat ik in de kerk kwam doen. Zij bleken de pastorie gekraakt te hebben.'

'Met toestemming van uw oom.'

'Zolang het leegstond, ja.'

'En toen vertelde u het haar, over de nieuwe plannen.'

'Dat ze op moesten tiefen, ja. Dat het leuk was geweest, maar nu was het klaar. Na 1 januari kwam de aannemer erin. Punt.'

'Je verzocht haar weg te gaan.'

'Nou, een verzoek zou ik het niet willen noemen.' Hij grijnsde. 'En ik was misschien niet heel diplomatiek, maar ja, ze stoorde me op het verkeerde moment.'

Vledder trok een gezicht alsof hij iets smerigs rook. 'Die vrouw was hoogzwanger.'

Lars stak verontschuldigend een hand op. 'Dat was hun eigen keuze.'

De Cock had Vledder verzocht nog eens langs de Vituskerk te rijden.

'Er schoot mij vannacht iets te binnen, wat ik even wil checken.'

In de keuken van de pastorie waren Jeroen en Sally druk bezig. Op de keukentafel stond een verhuisdoos en Jeroen vulde die met het bij elkaar geraapte servies uit de keukenkastjes.

'Gaan jullie verhuizen?'

Jeroen lachte bitter. 'Mevrouw Pronk heeft ons nog een week gegeven. Er komt hier blijkbaar een café en dure behuizing voor mensen die geld te veel hebben.'

'Vanmorgen stond er ineens een aannemer in de keuken,' vulde Sally aan.

De Cock viel stil en leek in gedachten verzonken.

'Waar kwam u voor?' vroeg Jeroen geïrriteerd. 'We hebben nog een hoop te doen.'

'Waar verhuizen jullie naartoe?' vroeg Vledder, die zijn collega de tijd gaf om na te denken.

'De ouders van Sally,' antwoordde Jeroen weinig enthousiast.

'Zij hebben een huisje achter in de tuin, daar kunnen we voorlopig in,' vulde Sally aan. 'En als ik dan weer ga werken, kan mijn moeder op Jesse passen.'

'Weg uit Amsterdam.'

Jeroen vouwde de flappen van de kartonnen doos dicht en tilde hem van tafel. 'Er valt in deze stad niet meer te wonen,' monkelde hij, en hij zette een nieuwe, lege doos op tafel. 'Dit is een stad voor rijke mensen en toeristen. Wij horen hier blijkbaar niet.'

'Het is voor Jesse wel beter,' nuanceerde Sally zacht.

'Sally,' mengde De Cock zich weer in het gesprek, 'jij vertelde mij gisteren dat Okke was gevonden in de soutane van pastoor Vrijens.'

'O ja?' vroeg Jeroen.

'Ja. En dat is vreemd, want dat detail was daderinformatie. Behalve de recherche en pastoor Vrijens wist niemand dat, het is niet openbaar gemaakt. En vannacht vroeg ik mij ineens af, hoe weet Sally dat dan?'

De vrouw keek hem met grote, angstige ogen aan, maar voor zij een antwoord kon formuleren begon Jeroen te spreken. 'Wij hebben het gezien.'

'Wat hebben jullie gezien?'

Alle ogen, inclusief die van zijn vrouw, waren nu op Jeroen gericht.

'Dat Vincent Okke sloeg,' zei hij met tegenzin.

Sally onderdrukte een kreet en liet zich op een stoel zakken.

'Vincent!' herhaalde Vledder, en er was iets van triomf in zijn stem te horen.

'En wat heb je dan precies gezien?' wilde De Cock weten.

Jeroen slikte een paar keer, alsof hij last had van een droge keel, en hij haalde zijn hand over zijn ogen. 'Okke was weer eens bezig,' begon hij aarzelend. 'Zoals hij de laatste tijd voortdurend bezig was. Dan liep hij in de soutane van Vrijens met een kaars door de kerk en… riep hij de meest verschrikkelijke dingen. Voor in een kerk, bedoel ik.'

'Waarom deed Okke dat?'

'Hij vond het leuk als hij stoned was. Of als Vince de kerk in was geslopen. Dan treiterde hij hem letterlijk de kerk weer uit.'

De Cock keek naar Sally en zag dat ze geluidloos huilde en de tranen wegveegde met de achterkant van haar hand.

'Vince had geld gevraagd van Okke.'

'Van het geld dat hij van jullie had gekregen?'

'Okke had het hem waarschijnlijk laten zien. Om hem te pesten. En Vince vond dat hij daar best wat van aan hem kon geven.'

'Maar dat vond Okke niet.'

'Okke lachte hem uit. Deed hem na, die hoge stem van hem, en voerde weer een van zijn kinderachtige nepmissen op. Ik vermoed dat Vince toen door het lint ging.' Jeroen ging achter Sally staan en legde een hand op haar schokkende schouders.

De Cock probeerde het tafereel voor zich te zien. De dansende Okke op het altaar, blasfemische onzin uitkramend, met Vincent als geschokte toeschouwer. 'En toen, Jeroen, wat zag je toen?'

'Vincent sloeg hem.'

'Waarmee?'

'Eh… eerlijk gezegd geen idee. Ik kon het niet goed zien, het is donker in de kerk. Een kaarsenstandaard misschien.'

'En wist je dat Okke dood was?'

'Nee. We hebben ons omgedraaid en zijn meteen weggegaan.'

'Sally?' vroeg De Cock, maar de vrouw schudde haar hoofd en was blijkbaar nog niet in staat iets uit te brengen.

'Ik wilde niets met dat gedoe te maken hebben. Twee van

die geschifte kerels die aan het rotzooien waren. Het was niet goed voor Sally, niet voor mijn kind, ik wilde weg. Pas later, toen we terugkwamen, hoorden we dat Okke dood was. Van de pastoor.'

'En Vincent?'

'Hoe bedoelt u?'

'Weet hij dat jullie hem hebben gezien?'

Jeroen schokte met zijn schouders. 'Geen idee. Ik heb het hem niet gevraagd. Als je hem iets vraagt krijg je toch geen antwoord. Of een Bijbeltekst!'

De Cock tuitte zijn lippen en trok aan zijn oorlelletje. 'Wat ik niet begrijp, Jeroen, is dat ik dit nu voor het eerst hoor. Sally, je had het mij toch kunnen vertellen?' Hij richtte zich tot de vrouw, die nog steeds worstelde met haar tranen, maar zij keek omhoog naar haar man en die gaf voor haar het antwoord.

'Vanwege Vincent. Okke was een etterbak, maar Vincent is een doodgoeie jongen. Voor het ongeluk geboren, maar echt een goeie ziel. Ik dacht, als ik het verhaal vertel van wat we hebben gezien, dan draait hij de bak in.' Hij keek De Cock vragend aan, maar die zweeg. 'Toch? Daar gaat zo'n jongen kapot, die overleeft dat niet. Dus eigenlijk leek het ons beter zo.'

Vledder sloeg iets te enthousiast zijn opschrijfboekje dicht en sloeg De Cock op zijn schouder. 'Zaak opgelost!'

13

De Cock had opdracht gegeven om Vincent op te pakken, maar dat was nog niet zo eenvoudig. In de buurt van de kerk was hij niet, zodat hij zich overal in de stad kon ophouden. Dat was een van de nadelen van iemand die dak- en thuisloos was, er was geen adres waar je even langs kon gaan.

Vledder had de oude Golf op het houten parkeerdek achter het bureau gereden en was energiek uit de auto gesprongen. Zijn grijze collega had heel wat meer moeite om de passagiersstoel te verlaten. Eenmaal met beide voeten op de grond zette hij zijn handen in zijn lendenen en strekte hij zijn rug.

'Het lijkt me van belang, De Cock, dat we eerst die Vincent vinden.' De Cock wierp een geamuseerde blik op zijn adjudant, die zo te horen de leiding op zich had genomen en bezig was een bericht op zijn telefoon in te tikken.

'Ik zal Appie vragen om naar zijn gegevens te zoeken.'

'Er moet bij de gemeente wel iets bekend zijn, waarschijnlijk heeft hij een postadres.'

'Zal ik de coördinatie van de zoektocht maar even op me nemen?'

De Cock gaf hem een klop op zijn schouder. 'Dat is goed, Dick, doe jij de coördinatie. Ik ga nog even lopen.'

'Beter voor je rug,' reageerde Vledder vol begrip. Hij stak een duim op en verliet met grote passen het parkeerdek.

De jacht is begonnen, dacht De Cock. De jacht op een verloren ziel, die waarschijnlijk geen flauw benul had van wat er allemaal om hem heen gebeurde. De stad was harder geworden, er was geen plek meer voor het soort mensen dat niet met het moordende tempo van de metropool mee wilde of kon gaan. Die veroordeeld waren tot een leven op straat. En er kwamen er steeds meer en ze kwamen vanuit alle windrichtingen. Er was een tijd geweest dat De Cock de meeste daklozen uit de buurt wel kende, maar die tijd lag ver achter hem. Hij worstelde zich met zijn karakteristieke, sjokkende pas door de schuifelende menigte in de Warmoesstraat en bereikte via de Wijdekerksteeg het Oudekerksplein. Hij huiverde toen er een windvlaag over het plein trok, die zich niet liet tegenhouden door zijn oude regenjas, die al jaren aan vervanging toe was. Het deed hem terugdenken aan de koude winters die hij als jong agentje op het plein had doorgebracht, als hij rivaliserende pooiers, die rollebollend over straat gingen, uit elkaar moest halen. Als de meiden hem als blozend provinciaaltje onderuit probeerden te halen. Niet echt de goeie ouwe tijd, want ook toen was er uitbuiting en geweld, maar het was anders. Er was meer respect voor elkaar. Nu stonden er twee Chinezen een selfie te maken voor een raam, waarachter een voluptueuze prostituee probeerde een boterhammetje te verdienen.

Aan de Oudezijds Voorburgwal keek hij omhoog naar het smalle pand en constateerde dat achter het raam op de eerste verdieping licht brandde. Ellen van der Pas was nog aanwezig. Ze liet hem binnen en bood hem koffie aan. Op haar bureau stond een bananendoos, waarin ze een aantal spulletjes had verzameld. Blijkbaar blies er een nieuwe wind bij Pronk & Co.

'Ga je weg?'

'U was vanmorgen nog niet vertrokken of mevrouw Pronk kwam langs met de boodschap dat het gezien de omstandigheden misschien maar beter was als ik de firma zou verlaten.'

'Omstandigheden?'

'De dood van meneer Pronk en zo. Zij neemt het bedrijf over en Anneke en ik, mevrouw Pronk dus, denken nu eenmaal anders over dingen.'

'Om over Lars maar te zwijgen.'

Ellen wierp hem een glimlach toe en schonk de koffie in een mok.

'Ze heeft je toch niet ontslagen?'

'Daar had ze geen reden voor, maar ze heeft me drie maanden salaris aangeboden.' Ellen liet een opgewekte lach horen. Ze zag er ook minder zorgelijk uit dan de dagen hiervoor. Blijkbaar had het ontslag haar goedgedaan. 'En de baantjes liggen voor het oprapen, dus dat is geen probleem. Maar ik ga eerst een tijdje naar de zon!'

Ze gaf De Cock zijn koffiebeker en die nam hem dankbaar aan. 'Gelijk heb je.'

Ellen liep naar haar bureau en pakte twee fotolijstjes op die naast haar computer stonden. 'Maar u bent hier vast met een reden.'

Ja, hij was er met een reden, hij had een gevoel van onvrede over de gang van zaken. Hij had een moord opgelost, maar miste de opluchting die normaal zijn deel was aan het einde van een zaak. Er waren nog te veel losse eindjes. Losse eindjes waar een man zomaar over kon struikelen.

'Ik vroeg mij af of Pronk op de dag van zijn dood nog afspraken had. Want hij was op kantoor.'

'Jazeker, ik ook.'

Hij keek op. 'Jij ook? Was je niet vrij tussen kerst en oud en nieuw?'

'Nee, meneer De Cock, dat gold voor de rest van Nederland.' Ze schonk hem een lieve glimlach. 'Ik kwam in de ochtend langs om wat administratieve zaken bij te werken die voor de kerst waren blijven liggen.'

'En Pronk was er ook?'

'Hij kwam om een uur of elf even langs, hij had een afspraak in de stad.'

'Een kerstlunch.'

'Hij zag er erg tegen op. Hij had last van zijn heup. Hij verrekte van de pijn, zei hij.'

'En hij had geen andere afspraken die dag?'

Ellen pakte een langwerpige agenda die op haar bureau lag en bladerde erin. 'Nee. Hij vroeg mij wel om Lars te bellen, die wilde hij aan het eind van de middag spreken.'

'Lars? Niet zijn vrouw?'

'Nee, Lars moest om drie uur langskomen.'

'En?'

'Ik heb hem een paar keer gebeld, maar hij nam niet op. Uiteindelijk heb ik de boodschap ingesproken op zijn voicemail. Ik heb om drie uur nog even met meneer Pronk gebeld, maar die was kortaf en zei dat hij in gesprek was. Dus blijkbaar was Lars braaf komen opdraven.'

Op dat moment hoorden ze de buitendeur slaan en klonk er gestommel op de trap.

Ellen stopte de twee fotolijstjes bij haar andere spullen in de doos. 'U kunt het hem zelf vragen, want volgens mij komt hij er net aan!'

'Nee maar, een vergadering van het Centrale Comité.' Lars stond in de deuropening en keek verbaasd de kamer in. 'Wat een verrassing.'

Ellen tilde de bananendoos van haar bureau. 'Ik ging net weg.'

'Blijf nog even,' fleemde Lars.

'Ik dacht het niet.' Ze zette de doos bij de deur en nam haar jas van de kapstok.

'Dan blijven meneer De Cock en ik over.'

'Dat komt goed uit, want ik wilde u iets vragen.'

'Maar niet zonder een glaasje! Waar is de whisky?'

Hij vroeg blijkbaar naar de bekende weg, want hij stevende doelbewust af op de kast in de andere kamer.

'Mijn ontslag heeft zo zijn voordelen,' zei Ellen zacht. 'Ik hoef niet meer elke dag naar de glasbak. Elke dag, hoor,' voegde ze er met nadruk aan toe.

De Cock trok zijn wenkbrauwen op. 'Wordt hier zo veel gedronken?'

'De hele dag door. Door hem dus, hè. Meneer Pronk dronk nauwelijks meer sinds hij aan zijn heup is geopereerd, en al helemaal geen sterkedrank.'

'Kijkt u eens.' Lars hield hem een leeg glas voor.

'Nee, dank u wel, ik heb nog koffie.'

'Elsje, jij dan. Een snel glaasje voor je weggaat.'

Ellen pakte de doos op. 'Dag, Lars,' zei ze koel. En heel wat hartelijker: 'Dag, meneer De Cock. Succes.'

Lars schonk voor zichzelf een whisky in en hief het glas. 'Prut!'

De Cock vermoedde dat Lars een blauwe maandag een universiteit had bezocht en zijn tijd voornamelijk in het studentencorps had doorgebracht.

'Bent u op 27 december nog op kantoor geweest?'

Lars nam een slok en deed of hij nadacht. '27...? Was dat derde kerstdag?'

'Het was de dag dat uw oom overleed.'

Hij grijnsde. 'Ik wist dat het een feestdag was.'

'Bent u toen hier op kantoor geweest?' herhaalde De Cock zijn vraag.

'Hoewel mijn oom de goede smaak had om mij net voor kerst zonder een cent buiten te zetten, meen ik mij te herinneren dat hij besloten had dat het kantoor tussen kerst en oud en nieuw gesloten was.' Hij leegde zijn glas en reikte naar de fles.

'Hij was hier wel.'

'Uitslover.'

'En Ellen ook. Zij moest van uw oom een afspraak met u maken voor dezelfde dag.'

Lars schonk zich nog eens in. 'Heeft ze mij daarover gebeld?'

'Meerdere keren, maar u nam niet op.'

'Ik zal met iets belangrijkers bezig zijn geweest.' Hij grijnsde weer en deed alsof hij nadacht. 'Hoe heette ze ook alweer...?'

'Ellen heeft uw voicemail ingesproken dat Pronk u om drie uur die middag wilde spreken.'

'Dat moet ik dan hebben gemist.' Hij liep de andere kamer in en ging in een van de fauteuils zitten. 'Ik luister mijn voicemail zelden af.'

De Cock was hem gevolgd. 'Ik ben natuurlijk niet op de hoogte van de nieuwste snufjes, maar mijn jonge collega heeft mij wel geleerd hoe je kunt zien of de berichten op de voicemail wel of niet zijn afgeluisterd.'

'Knap van u,' zei Lars ongeïnteresseerd. 'En van uw collega natuurlijk.'

'Zou u mij uw telefoon willen laten zien?' vroeg De Cock vriendelijk.

Lars keek hem aan, zijn gezicht vertoonde harde trekken en achter de waterige bik in zijn ogen lag de haat. 'Ik had geen zin om op te draven als het baasje zijn hondje roept,' sprak hij uiteindelijk. 'Vooral omdat het baasje de hond de straat op had geschopt. Maar ja...'

'Ja?'

'Anneke had met hem gesproken over mijn schandelijke ontslag.' Hij liet zijn sluwe grijns weer zien. 'Dus ik dacht dat hij me misschien een kerstbonus wilde aanbieden. Een handjevol geld om het leed te verzachten.'

'En?'

'Ik stond om drie uur nog in de kroeg en ik belde hem om de afspraak te verzetten. Maar ik kreeg het bericht dat hij in gesprek was en de telefoon niet op kon nemen.'

'Hebt u een bericht ingesproken?'

'Dat had geen zin. Koen deed niet aan voicemail. Dan kreeg hij te veel boze huurders aan de lijn!'

De Cock begon een hekel te krijgen aan de verwaande grijns die steeds bij de studentikoze figuur op de loer lag. 'Bent u later die dag nog langsgegaan?'

'Nee.' Lars zei het zonder aarzeling.

'Ik denk van wel.'

Lars drukte zich op uit de fauteuil en liep weer naar de kamer waar de whiskyfles nog op tafel stond. 'Dat moet u dan zelf weten.'

'Wij troffen naast het lichaam van uw oom een whiskyglas aan op de grond.'

'Hij zal zichzelf op een glaasje hebben getrakteerd.'

'Hij dronk geen whisky.'

'Dan zal hij zijn bezoek een glas hebben ingeschonken. Hij was om drie uur in gesprek, volgens zijn telefoon. En hij stond bekend als een genereuze, gastvrije man.' Hij lachte nu hardop.

'Ik denk dat de vingerafdrukken die wij op het glas hebben gevonden van u zijn.'

Lars lachte niet meer. 'U bent een vervelend persoon. Kunt u iemand niet op zijn woord geloven?'

'Vinden wij uw vingerafdrukken op het glas?' vroeg De Cock onaangedaan.

'Op elk glas hier in het kantoor zitten mijn vingerafdrukken.'

'Ik neem aan dat de glazen elke dag worden afgewassen.' De Cock voelde dat hij zijn geduld begon te verliezen. 'Kom op, meneer Weber, u kunt mij hier fatsoenlijk antwoord geven, of we gaan nu naar het bureau om uw vingerafdrukken te nemen en laten u daar een nachtje zitten tot wij de afdrukken hebben kunnen vergelijken met die op het glas. Aan u de keus.'

Lars Weber had zijn laconieke houding laten varen en staarde in zijn lege glas. 'Ik dacht dat het toch het beste was als ik nog even langsging,' begon hij. 'Ik hoopte inderdaad dat hij mij alsnog een envelopje wilde toestoppen.'

'Hoe laat was dat?'

'Even na vieren.'

'Niet om drie uur?'

Lars schudde korzelig zijn hoofd. 'Nee, dat zei ik toch, toen heb ik hem gebeld. Het was rond vier uur. En dat kunt u checken want ik heb een Ubertje genomen.'

'Een Ubertje?'

'Een taxi, die roep je op met een app op je telefoon. Vraag maar aan uw jonge collega.' Hij keek De Cock uitdagend aan.

'Dat zal ik zeker doen. En toen, meneer Weber? U kwam binnen, schonk uzelf een glas whisky in zoals uw gewoonte is...' Hij verwachtte een reactie op het gezicht van Weber, maar die tuurde onbewogen voor zich uit. 'En wat toen? Wilde uw oom u helemaal geen geld geven? Kregen jullie ruzie?'

'Nee, zeg!'

'Waar ging het gesprek dan over, meneer Weber?'

'Nergens over. Shit, man... Jezus!' Hij had het glas met een klap op het bureau gezet.

'Jezus!' zei hij nog eens. 'Hij was dood. Ik kwam hier binnenlopen en hij was dood. Lag met een stuk glas in zijn kop op de grond. Ik schrok me een ongeluk.'

'U liet het glas vallen.'

'Ik... Ja, ik bedoel, dood, wat moest ik daar nou mee?'

De Cock sloeg zijn armen over elkaar en knikte. Hij kreeg niet het idee dat Lars Weber erg ontdaan was geweest door de vondst van de dode man.

'U hebt uw tante gebeld.'

'Ja, shit, wat kon ik anders doen?'

'En zij is gekomen en heeft de politie gebeld. Waarom belde u zelf niet met 112?'

De grijns van Lars Weber was nu verworden tot een bittere lach. 'Omdat ik iedereen in de kroeg had verteld dat ik Koen Pronk eens een lesje ging leren. Dat je een Weber niet zomaar ontslaat. Dat ik hem zou laten zien met wie hij van doen had.'

Hij stak een vuist in de lucht. 'Met harde hand!' Hij zuchtte en liet zijn vuist zakken. 'Ik had de schijn nogal tegen me. Begrijpt u?'

'Maar al te goed, meneer Weber. En het zou ook zomaar gebeurd kunnen zijn, nietwaar? Want u was boos, een Weber ontsla je niet zomaar. Nee, u wilde hem een lesje leren en laten we eerlijk zijn, hij was geen partij voor u. Hij kwam maar met moeite vooruit met die pijnlijke heup. En dan is een ongelukje gezo gebeurd.' De Cock was dichterbij gekomen en maakte gebruik van zijn natuurlijke overwicht om zijn woorden kracht bij te zetten. 'Doodslag.'

Lars keek hem onaangedaan aan. 'Prima theorie, helaas niet te bewijzen.'

En daar kon De Cock hem geen ongelijk in geven.

14

De Cock was niet meteen teruggegaan naar het bureau. Hij liep te piekeren over wat er die middag van de zevenentwintigste december in het kantoor was voorgevallen. Want dat er meer was gebeurd dan er nu duidelijk was, daar was hij wel van overtuigd. Even overwoog hij Dick Vledder op te roepen, maar die zat waarschijnlijk nog midden in zijn jacht op de ongelukkige Vincent, dus hield hij een taxi aan en liet zich op de Elandsgracht afzetten. In de Hazenstraat belde hij tevergeefs aan, er was blijkbaar niemand thuis. Hij besloot niet langer te wachten, temeer daar het weer was begonnen met regenen, en hij wilde alweer teruglopen naar de Marnixstraat om daar de tram naar het Centraal Station te nemen, toen hij aan het einde van de straat Anneke Pronk de hoek om zag komen. Zo te zien op weg naar haar huis. Toen zij De Cock zag hield ze haar pas in, wellicht in de hoop nog te kunnen omkeren, maar hij lichtte charmant zijn hoedje, dus er was voor haar geen ontsnappen aan.

Anneke was hem voorgegaan naar de woonkamer en had hem daarna even alleen gelaten. Hij keek om zich heen in de onpersoonlijk ingerichte kamer en zag een stapeltje ingeklapte verhuisdozen op de grond liggen. Was het nationale verhuisdag, vroeg hij zich verwonderd af.

'Ik ga weer terug naar mijn huis,' verklaarde Anneke toen ze de kamer binnenkwam en hem naar de dozen zag kijken. 'Ik bedoel, nu Koen dood is heeft het geen zin om hier langer te blijven zitten. Volgende week komt de schoonmaak en dan kan dit huis weer in de verhuur.'

De vrouw wist van aanpakken, moest hij toegeven. 'U leek niet erg blij mij te zien toen u net de straat in kwam.'

Ze vergastte hem op een bevallig lachje. 'Dat heeft meer te maken met uw functie dan met u. U komt zelden met goed nieuws. Mensen zoals u bedoel ik.'

Ze zei nog net niet *uw soort*, bedacht De Cock.

'Mensen zoals ik,' parafraseerde hij in plaats daarvan, 'worden ook zelden met goed nieuws geconfronteerd.'

'Kan ik u iets aanbieden?'

'Nee, dank u wel. Wat informatie is genoeg. Ik sprak vanmiddag uw neef. U hebt hem weer in genade aangenomen?'

'Ik heb hem nooit de laan uit gestuurd. Dat heeft Koen gedaan. Ik zie geen reden om daaraan vast te houden. Hij heeft zijn oude positie teruggekregen. U zult begrijpen dat ik wel wat steun kan gebruiken.' Ze maakte een nonchalant gebaar met haar hand. 'En al begrijpt u het niet, dan zal mij dat eerlijk gezegd een biet zijn. Het zijn mijn zaken.'

De ferme wijze waarop ze De Cock tegemoet trad deed hem zich afvragen waar ze in hemelsnaam zo'n dronken lor als Lars voor nodig had. Maar hij wist ook dat familiezaken zich doorgaans aan rationele overwegingen onttrokken.

'Was hij kwaad op uw man, vanwege het ontslag?'

'Uiteraard.'

'Op welke manier uitte zich dat?'

'Hoe bedoelt u?'

'Heeft hij ruziegemaakt? Met dingen gegooid, ik zeg maar wat.'

Er kroop argwaan in de blik van Anneke Pronk. 'Hij heeft het kantoor verlaten na het gesprek met Koen. Ik neem aan dat hij zich daarna is gaan bedrinken.'

Aha, dacht De Cock, dat aspect van zijn karakter had dus ze wel meegekregen.

De vrouw had inmiddels haast gekregen. Ze had de deurtjes van de witgelakte wandkast opengetrokken en met een zucht geconstateerd dat er nog veel viel in te pakken. 'U zult begrijpen dat ik nog een boel te doen heb.'

'Heeft Lars uw man daarna nog gesproken?'

Ze liep nu bedrijvig door de kamer en deed nadrukkelijk alsof ze andere zaken aan haar hoofd had. 'Geen idee. Ik heb het er niet meer over gehad.'

'U hebt niet meer over het ontslag met uw man, tevens zakenpartner, gesproken?'

'Jawel. Maar hij was nog niet voor rede vatbaar. We zouden er later verder over spreken.' Ze nam een verhuisdoos van de stapel en klapte die uit.

'Op de zevenentwintigste?'

'Wat voor dag was dat?' vroeg ze verstrooid.

'De dag na kerst. De dag waarop uw echtgenoot overleed ten gevolge van een noodlottige val.'

'Ach ja, natuurlijk.' Ze bracht de doos naar de witte kast en wist, ondanks zijn onmiskenbare aanwezigheid, de blik van De Cock te negeren.

'Althans, dat is de veronderstelde doodsoorzaak. Tot nu toe.'

Ze stond met haar rug naar hem toe, maar hij zag dat ze verstrakte. Ze zette de doos op de grond en keerde zich langzaam naar hem om. 'Hebt u reden om daaraan te twijfelen?'

'Ja, mevrouw. Ik weet namelijk zeker dat Lars op de zevenentwintigste nog een afspraak met uw man had.'

'Daar is mij niets van verteld.' En ze draaide zich weer bruusk naar de kast.

'In dit geval ben ik inderdaad de brenger van het slechte nieuws,' ging hij doodgemoedereerd verder, 'want dat is niet waar. En als ik nog onaangenamer word, moet ik constateren dat u liegt.' Zijn toon was nu scherp geworden, onverzettelijk. 'En ik wil graag weten waarom.'

Ze keek even over haar schouder en lachte. Maar het was geen lach om hem te charmeren, of om de aanklacht te verzachten. Het was een lach van overgave. 'Ik weet dat het vreemd klinkt, maar dat weet ik eigenlijk niet.'

'Begint u dan maar bij het begin. Uw afspraak met uw man op de zevenentwintigste.'

'Daar kan ik vrij kort over zijn.' Ze klapte de deurtjes van de kast iets te hard dicht, alsof er niets van haar gading in stond, en schoof met haar voet de doos opzij. Ze ging aan tafel zitten en bestudeerde haar nagels. Met zorg gemanicuurd en gelakt in een onbestemde kleur groen. 'Ik had geen afspraak, althans niet met hem. Ik zou naar een feestje gaan met een vriendin. Maar toen werd ik gebeld. Door Lars.'

'Hoe laat was dat?

'Even na vieren in de middag. Ik stond te wachten op mijn vriendin, maar die was weer eens te laat.' Er zweefde een glimlach rond haar lippen.

'Maar tot het moment dat hij belde was u thuis?'

'Ja...' Ze aarzelde een moment. 'Ik heb tussendoor misschien een boodschapje gedaan.'

De Cock zweeg.

'Lars vertelde mij dat hij Koen dood had aangetroffen op de vloer van het kantoor. Met een stuk glas in zijn hoofd.'

'Hoe klonk hij?'

Anneke keek naar hem op. 'In de war. Ik dacht eerlijk gezegd dat hij gedronken had.'

Waar u geen ongelijk in had, dacht De Cock. 'Maar hij klonk niet in paniek?'

'Hij zei dat ik maar beter langs kon komen, dat hij niet wist wat hij met de situatie aan moest.'

'Zei hij dat zo?'

Ze knikte. 'Ik heb mijn vriendin gemeld dat ik plotseling weg moest en op eigen gelegenheid naar het feestje zou komen.'

De Cock trok een stoel naar achteren en ging tegenover de vrouw zitten. 'Wat trof u aan op het kantoor?'

'Wat u ook aangetroffen hebt, denk ik zo. Behalve Lars dan. Koen lag op de grond, ik nam aan dat hij met zijn hoofd op het glazen tafeltje was gevallen. Evenwicht verloren, of iets met die heup. Misschien had hij te veel gedronken tijdens de lunch.'

'Dat heeft de bloedtest niet uitgewezen.'

'Het stonk er naar whisky.'

'Er was een glas omgevallen, maar dat was niet van uw man.'

Ze knikte begrijpend. 'Lars.'

'Heeft hij u verteld wat er gebeurd is?'

'Koen had hem gebeld, en hij was gekomen omdat hij hoopte nog wat geld mee te krijgen. Toen hij het kantoor binnenkwam lag Koen daar op de grond.'

De Cock boog zich naar voren over de tafel. 'En er is niet gevochten?'

Anneke hield haar adem in en liet de suggestie op haar inwerken.

'Een ruzie die uit de hand loopt. Het hoeft geen opzet te zijn, een ongeluk is zo gebeurd.'

Anneke schudde haar hoofd. 'Lars was geen partij voor Koen. Zelfs niet met één heup. Lars heeft een grote mond, vooral als hij gedronken heeft, maar hij is een angsthaas. Hij zou niet durven.'

'Maar waarom, mevrouw,' vroeg De Cock, terwijl hij nog iets verder over de tafel boog, 'hebt u dat dan voor mij verzwegen? Waarom hebt u mij verteld dat u het was die uw man dood heeft aangetroffen?'

Anneke antwoordde niet, maar in haar ogen lag de twijfel te lezen.

Op het bureau heerste tevredenheid.

'We hebben hem,' sprak Vledder met gepaste trots.

'Zal nog een hele zoektocht zijn geweest,' antwoordde De Cock niet zonder ironie.

'We vonden hem slapend op een bankje in het Westerpark.'

'Hij deed een tukje?'

'Meneer lag te midden van een batterij lege flessen.'

De Cock hing zijn natte regenjas bij de radiator, in de hoop dat het oude kledingstuk ooit nog droog zou worden. 'Heeft hij al bekend?'

'Wat denk je zelf?' was het laconieke antwoord. 'Hij ligt nu zijn roes uit te slapen en aan het eind van de middag komt de dokter langs om hem te onderzoeken. Ik denk dat we pas morgen aan een eerste verhoor toekomen. Ben jij nog opgeschoten?'

De Cock lichtte Vledder in over zijn ontmoeting met Lars en het daaropvolgende gesprek met Anneke Pronk.

'Zij heeft duidelijk de teugels aangehaald nu haar man dood is,' besloot hij zijn verhaal.

'Als ik het zo hoor komt het haar niet slecht uit dat hij is overleden.'

De Cock zuchtte. 'Dat is het probleem, Dick. De dood van deze man schijnt voor de hele wereld een opluchting te zijn.'

'Denk je dat die neef zijn oom heeft vermoord?'

'Nee. Van moord is geen sprake, althans niet van een opzettelijke moord. Doodslag is niet uit te sluiten, maar, en daar heeft neef Lars een punt, is lastig te bewijzen.'

'Je hebt zijn vingerafdrukken op het whiskyglas.'

De Cock trok een onschuldig gezicht. 'In zekere zin...'

'Hoe bedoel je?'

'Ik denk zeker dat zijn vingerafdrukken op het glas gezeten zullen hebben, maar dat zijn we niet nagegaan. Iedereen ging uit van een ongeluk, er was geen sprake van een bloedbad of van braak, dus er is verder geen diepgravend sporenonderzoek geweest. Dat glas staat afgewassen en wel in de kast op hun kantoor.'

‘Je hebt hem erin genaaid!’

‘Een leugentje om bestwil,’ relativeerde De Cock. ‘Maar hij bekende meteen dat hij op kantoor was geweest op die bewuste dag. Maar wat er zich precies heeft afgespeeld…?’ Hij schudde uit onmacht zijn hoofd.

Vledder stond op en sloeg zijn handen ineen. ‘Kom op, De Cock, we hebben vandaag al een moord opgelost. Andere zorgen zijn voor morgen.’ Hij wees gedecideerd met zijn vinger naar de deur. ‘Lowietje. En ik trakteer!’

De Cock had zich weer in zijn vochtige regenjas gehesen en zijn natte hoedje opgezet en voelde zich ellendig. Dat werd er niet beter op toen ze halverwege de trap commissaris Buitendam tegenkwamen.

‘De Cock! Ik zat er niet ver naast, zeg nou eens eerlijk.’ Hij keek de rechercheur verwachtingsvol aan, maar die was bezig om met een doorweekte zakdoek de druppels uit zijn nek te vegen.

Vledder merkte de groeiende irritatie bij zijn chef op en nam hem bij de arm. ‘Gefeliciteerd, meneer,’ zei hij tegen Buitendam. ‘Uw theorie heeft ons erg bij de opsporing geholpen.’

Buitendam glom van trots, maar hij besloot bescheiden te blijven. ‘Het was maar een gedachte, Dick. Maar dank je wel.’

Bij Lowietje had De Cock zijn jas meteen weer uitgetrokken en bij de verwarming gehangen. Hij hees zich, met enige moeite, op zijn kruk.

‘Je zou eens een andere jas moeten kopen, De Cock,’ zei Lowie. ‘Je loopt gewoon voor schut.’

‘Nee, jij trekt volle zalen!’ antwoordde Vledder gevat om zijn chef in bescherming te nemen. ‘Voor mij een pils en voor meneer daar een glas goede cognac.’

‘Ik heb alleen maar goede cognac,’ mopperde Lowie. ‘Tenminste, voor “meneer daar”.’ En hij dook met een aalgladde beweging onder de tapkast.

'Hebben jullie de paus nog te pakken gekregen?' vroeg hij langs zijn neus weg toen hij het glas van Vledder liet vollopen met het gouden gerstenat.

'De paus?'

'Je bedoelt de heilige Vincent?'

'Vince. Wij noemen hem de paus. Allemachtig, die gast is volkomen kierewiet, maar hij kent de hele Bijbel uit zijn hoofd.'

'Hoe weet jij dat we hem zochten?' wilde De Cock weten.

'De hele buurt weet het. Jouw mannetjes hebben onder elke stoeptegel gezocht. Hoeveel moorden heeft die sloeber wel niet gepleegd?'

'Hij wordt er verdacht van één,' antwoordde Vledder gepikeerd. 'En dat is genoeg voor een onderzoek.'

'Heeft-ie al bekend?' Lowie vroeg het met een stalen gezicht, maar de ironie was onmiskenbaar.

'Daar mogen wij jou niets over vertellen, Lowie. Maar we gaan er morgen mee aan de slag.'

'Dat kan niet lastig wezen,' schatte de schriele kastelein. 'Kleine kinderen en dronken mensen vertellen de waarheid. Dat zei mijn moeder al.'

De Cock schoof wat heen en weer op zijn kruk, maar hij kon zijn draai niet vinden. Hij dronk zijn cognac en liet zich van zijn kruk af glijden.

'Ga je nou alweer?' vroeg Lowietje verbaasd.

'Ik heb wel weer lang genoeg op een kruk gezeten,' antwoordde De Cock terwijl hij met een hand naar zijn rug greep.

'Daar moet je iets aan laten doen, aan die rug,' zei Lowie. 'Dit kost me geld!'

En hij lachte kakelend, terwijl De Cock zich met tegenzin in zijn jas hees.

15

Mevrouw De Cock was blij dat haar man weer eens op tijd voor het eten thuis was, maar minder blij was ze met de rest van de avond. De Cock was rusteloos, ijsbeerde en was niet erg aanspreekbaar. Hij was weliswaar fysiek aanwezig, maar verkeerde geestelijk heel ergens anders.

'Ga anders even een blokje om, Jurre.'

Haar man glimlachte haar liefdevol toe, maar het was duidelijk dat hij haar niet had verstaan, want hij maakte volstrekt geen aanstalten om zijn inmiddels weer droge regenjas aan te trekken. Bovendien regende het buiten nog steeds en trok de felle wind fluitend door de kale takken van de bomen langs de gracht. In plaats van het voorgestelde ommetje trok hij zich terug in de keuken en ging met een leeg vel papier en een pen aan de tafel zitten. Puntsgewijs schreef hij de gedachten op die al dagen door zijn hoofd speelden. Of hij daarmee meer grip op de zaak zou krijgen wist hij zelf ook niet, maar het gaf hem in ieder geval wat rust. Net als zijn vrouw!

Ook de nacht was onrustig. Hij sliep slecht en dat kwam dit keer niet door zijn rug. Het waren de dromen die hem bezochten en die hij bij het wakker worden weer allemaal was vergeten. Naast de flarden die al dagen door zijn hoofd speelden en die nodig tot een verhaal moesten worden gesmeed. Dat hele verhaal had hij nog niet, maar toen hij opstond en zijn voeten in zijn sloffen schoof, werden de contouren toch langzaam zichtbaar.

Een blik uit het raam leerde hem dat het weer er niet echt beter op was geworden. 'Ze verwachten nog een hoop regen vandaag,' informeerde zijn vrouw hem terwijl hij zijn regenjas aantrok. 'Het was op het nieuws.'

'Ik hoef alleen maar naar buiten te kijken...' bromde De Cock. 'Ik moet misschien toch maar eens een nieuwe jas kopen. Deze houdt me niet meer droog.'

Mevrouw De Cock keek verheugd op en ze viel hem enthousiast bij. 'Jurre, wat een goed idee.'

Hij had alweer spijt van zijn opmerking.

'We kunnen dit weekend wel even kijken in de stad.'

De Cock trok een paraplu uit de paraplubak en gaf zijn vrouw een vluchtige kus. 'Ja, we zien wel,' hield hij de boot af. 'Voorlopig helpt de paraplu ook om droog te blijven.'

Hij stond op de tram te wachten, de paraplu krampachtig met twee handen vasthoudend opdat deze niet ten prooi zou vallen aan de vlagerige wind, toen zijn telefoon ging. Hij mompelde binnensmonds een verwensing. Voorzichtig tastte hij in zijn binnenzak en haalde zijn mobiel tevoorschijn. Vledder. Die was natuurlijk al op het bureau.

'Ja, Dick?'

'Ik lees hier net een opmerkelijk bericht, de Vituskerk is gekraakt.'

'Is dat nieuws? Die is toch allang gekraakt.'

'Ja, maar nu opnieuw. Door de voormalige pastoor van de kerk, staat hier.'

'Vrijens?' De Cock dacht even razendsnel na en nam toen een beslissing. 'Oké, Dick. We gaan daarheen.'

'Nu?' klonk het weinig enthousiast.

'Ja, nu. En neem Vincent mee.'

'Wat!?'

'Je hebt me gehoord. Ik neem wel een taxi.'

En voor Vledder kon protesteren had De Cock het gesprek afgebroken.

Ze kwamen ongeveer tegelijkertijd aan bij de kerk. In zijn haast had De Cock de paraplu in de taxi laten liggen, maar gelukkig hadden de weergoden bedacht dat er voor het moment genoeg water was gevallen en was er zelfs sprake van een zwak zonnetje. Vledder had de Golf op de stoep geparkeerd en kwam onwillig aanlopen, met Vincent aan zijn zij.

'Goedemorgen,' riep De Cock met gespeelde geestdrift, die aan Vledder niet was besteed.

'Zou ik misschien mogen weten waar dit goed voor is?'

'Ik leg het je allemaal uit.'

'Heb je een eurootje voor een bakkie?' vroeg Vincent lusteloos. Hij zag er verweesd en verfomfaaid uit. Zijn ogen stonden dof en zochten rusteloos de stoeptegels af.

'Kom mee naar binnen, Vince, in de kerk hebben ze koffie,' zei De Cock vaderlijk.

De zwerver sperde zijn ogen open, alsof hij wakker werd uit een akelige droom. 'Nee! Nee.' Hij sjorde met zijn arm om los te komen van Vledder, maar die verstevigde zijn greep.

'Je kunt gerust mee naar binnen, Vince. Er gebeurt je niets.'

'Okke!' fluisterde Vincent, alsof hij bang was dat de dode kraker hem kon horen.

'Niks Okke,' zei Vledder kortaf. 'Okke is dood en dat weet jij heel goed.'

Vincent trok zijn hoofd tussen zijn schouders en liet een klagerig gepiep horen. 'Okke, pas op voor Okke.' Hij stak een benige vinger in de lucht en zwaaide ermee voor zijn neus. 'Heb ontzag voor de Heer, ga het kwaad uit de weg.'

De Cock pakte hem voorzichtig bij zijn vrije arm. 'Kom maar met ons mee, Vincent, pastoor Vrijens is in de kerk. Hij zal over je waken, net als de Heer, die de wacht houdt over je gaan en over je komen.'

Vincent keek hem argwanend aan, maar hij kon geen ironie lezen in de ogen van de grijze rechercheur en hij liet zich schuifelend meevoeren naar de kerk.

'Je hebt verdomd goed opgelet op de zondagsschool, De Cock,' mompelde Vledder verongelijkt. De Cock grijnsde tevreden.

Voor de kale houten deuren van de Vituskerk was een laken gespannen, waarop met zwarte verf GEKRAAKT geschreven stond. Ze doken onder het doek door en kwamen in de kerk, waar tl-licht voor een onheilspellende sfeer zorgde. Door de kerk galmde de breekbare stem van Vrijens, die zich aan een lied waagde. Hij stond bij een pilaar naast het altaar en toen De Cock en Vledder dichterbij kwamen zagen ze dat hij zich had vastgeklonken aan een gietijzeren ring die uit de pilaar stak. Voor hem stond een strijdvaardige Leonie. De handen in haar zij en het hoofd geheven: kom maar op, straalde ze uit.

Anneke Pronk probeerde met haar in gesprek te komen, maar het gezang van de pastoor maakte dat onmogelijk. Lars zoog driftig aan een sigaret en was in gesprek met een gezette man die De Cock niet bekend voorkwam, en die met zijn handen in de zakken van zijn zwarte jopper gestoken een onbuigzame indruk maakte. Vanuit zijn ooghoeken zag De Cock Sally in de deuropening staan die naar de pastorie leidde. Ze hield zich met beide handen vast aan de deurpost. Een schrikachtig vogeltje.

Vincent voelde zich slecht op zijn gemak en had zichtbaar moeite de situatie in zich op te nemen.

'Ik probeer met je te praten, ik probeer...' Anneke probeerde voornamelijk rustig te blijven, maar nu werd het haar te veel. 'Hou je kop!' beet ze de pastoor toe. 'Ik probeer in gesprek te komen met je nicht, verdomme!'

De pastoor stopte met zingen en gaf haar een gepijnigde blik.

Anneke begreep haar fout. 'Sorry.'

'Gesproken hebben wij reeds lang,' sprak Vrijens plechtig. 'En afgesproken ook. Over de bestemming van dit godshuis. En daar zal niets aan veranderen.'

Lars doofde met een driftige veeg van zijn voet zijn sigaret. 'Aan onze plannen zal niks veranderen, ouwe gek.'

Anneke riep haar neef tot de orde. 'Lars. Ik doe het woord.'

'Jij probeert redelijk te zijn met deze mensen, maar dat kan niet, want ze zijn gek.'

'Ja, en jij bent zeker normaal,' mengde Leonie zich in het gesprek. 'Je hebt gezopen, lul, ik kan het op afstand ruiken!'

Het hoofd van Lars liep rood aan en hij zwaaide met een gebalde vuist in de richting van de nicht van de pastoor. 'Jou krijg ik nog wel, sloerie, maar zeg tegen die oom van je dat hij als de sodemieter moet maken dat hij wegkomt, omdat er anders geweld zal worden gebruikt.'

'Lars!'

'Gezegend wie op de Heer vertrouwt,' sprak Vrijens vroom.

'Wiens toeverlaat de Heer is!' vulde Vincent enthousiast aan.

Vrijens keek verrast op. 'Vincent.'

Het gezelschap volgde de blik van de oude pastoor en in de schemering van de kerk zagen ze de beide rechercheurs en de 'heilige Vincent', die zich aan de greep van zijn begeleiders had ontworsteld en naar de vastgeketende pastoor liep. Hij liet zich op zijn knieën zakken.

'Vincent,' zei Vrijens nog eens zacht. 'Wat heb ik nou toch allemaal gehoord?' Hij legde zijn vrije hand op de warrige haardos van de zwerver. Het was een herderlijk moment te midden van alle tumult, waar Lars korte metten mee maakte.

'De politie, eindelijk. Maar beter laat dan nooit. Maak hier een einde aan, heren, dan kan de aannemer aan de slag.' Hij wees op de corpulente man in het zwarte jack. 'Nou, vooruit, Frits, pak een tang of zoiets en maak die ouwe gek los.'

De aannemer tuitte zijn lippen en liet een dramatische stilte vallen. 'Ik dacht het niet, Weber,' sprak hij uiteindelijk. 'Los jij eerst je problemen maar op. Ik kom wel terug als de kerk weer leeg is.' Hij draaide zich resoluut om en verliet gedecideerd de kerk.

'Hé! Frits! Hé, je kan niet zomaar weglopen!' riep Lars hem achterna, maar het had geen enkel effect op de aannemer.

Kwaad draaide Lars zich om naar zijn tante. 'We vinden wel een andere aannemer.' Hij richtte zich tot Vrijens. Vandaag nog.'

'Lars.'

'Nee!'

'Ja!' blafte Anneke hem toe.

Lars grabbelde in zijn jaszak en haalde zijn sigaretten tevoorschijn. 'Teringzooi.'

De Cock maakte van het moment gebruik en deed een poging de regie van de bijeenkomst over te nemen. 'Dames en heren –'

'Meneer De Cock,' onderbrak Anneke hem. 'Het is niet mijn bedoeling, ónze bedoeling,' zei ze met nadruk terwijl ze haar neef aankeek, 'om hier ruzie te maken, laat staan geweld te plegen.'

'Dat begrijp ik, mevrouw. Meneer Vrijens, ik moet u verzoeken uw poging op te geven. Mevrouw Pronk staat geheel in haar recht, het spijt me.'

De priester hief het hoofd en keek naar het verweerde Christusbeeld boven het hoofdaltaar. 'Ik zal niet wijken. Zelfs als de overheid haar zwaardmacht zal beproeven, ik zal niet zwichten.'

'Tot de dood erop volgt!' liet zijn nicht er ten overvloede op volgen.

'Nóg een, mevrouw Vrijens? Moet er in het gevecht om deze kerk nog een dode vallen? Nummer drie?' Het was ineens doodstil in de kerk, op het zachte mompelen van Vincent na, die geknield bij de pastoor in zijn eigen wereld leek te dwalen.

Anneke Pronk begon nerveus te giechelen. 'Drie?'

'Ja, mevrouw.'

'En die andere twee...?'

'Okke en uw man, Koen Pronk.'

'Koen?'

Lars schoot de peuk van zijn sigaret door de schemerige kerk. Het gloeiende puntje daalde als een vallende ster tussen de bankjes. 'Ik heb genoeg van dit gelul. Ik ga naar huis.'

'Nog niet, meneer Weber. Nog niet. U gaat pas weg als ik zeg dat deze bijeenkomst voorbij is.' De stem van De Cock galmde door de kerk.

'Koen?' Anneke Pronk legde haar hand op zijn arm.

'Ik ben bang dat het geen ongeluk was,' antwoordde hij. 'En het begon allemaal hier, bij deze kerk, die op voorspraak van pastoor Vrijens aan uw man werd verkocht. Maar dat verhaal kende ik nog niet toen wij over het dode lichaam van Okke Koops gebogen stonden.'

'Okke.' De naam had Vincent uit zijn eigen wereld gehaald en hij keek verwilderd de kerk rond.

De pastoor legde weer zijn hand op het hoofd van Vince. 'Laat mij je zegenen, mijn zoon.' Hij veegde met zijn duim een kruisje over het voorhoofd van de bange man aan zijn voeten. 'En laten wij bidden voor jouw zielenheil.'

'Denkt u dat dat nodig is, meneer Vrijens?'

De priester keek op. 'Wat Vincent ook heeft gedaan, dit ongelukkige kind heeft geen weet van wat er heeft plaatsgevonden. God beloont ieder mens naar zijn daden.'

'Wat heeft hij dan gedaan, volgens u?' wilde De Cock weten.

Vledder begon genoeg te krijgen van het toneelstukje. 'Hij heeft Okke vermoord, De Cock.'

'Is dat zo?'

De Cock liep naar de deur waar Sally zich nog steeds aan de deurpost staande hield. 'Sally,' sprak hij zacht. 'Is dat zo? Heeft Vincent Okke vermoord? Jij hebt gezien dat hij hem heeft neergeslagen.'

Hij nam haar bij de arm en leidde haar naar het altaar. 'Wil je ons laten zien wat hier is gebeurd?' De jonge vrouw boog het hoofd en antwoordde niet. 'Dit is belangrijk, Sally. Okke stond voor het hoofdaltaar. En toen. Waar was Vincent?' Hij wees op het hoopje ellende aan de voeten van pastoor Vrijens. 'Sally? Was Vincent in de kerk?'

Sally sloeg haar handen voor haar gezicht, haar schouders schokten. Ze huilde in stilte.

'Nee, Vincent was niet in de kerk, Sally. Want hij durfde niet binnen te komen als Okke er was. Dat heb je zelf gezegd. Vincent was bang voor Okke. Hij heeft Okke niet doodgeslagen.'

Sally schudde haar hoofd.

'Maar wie was dat dan wel?'

Het schokken hield op. Ze liet haar handen zakken en haalde diep en snikkend adem. Ze leek tot rust gekomen te zijn, alsof ze het onvoorstelbare had aanvaard en het vechten had gestaakt. Ze keek de omstanders, die haar ademloos aanstaarden, een voor een aan.

'Het was geen opzet,' vervolgde De Cock. 'Maar toch leek het onvermijdelijk, op dat moment.'

Sally knikte. 'Ja.' Ze haalde diep adem en zei nog eens: 'Ja.'

De Cock richtte zich tot Vledder. 'Dick, we zoeken Jeroen Kemper voor de moord op Okke Koops en Koen Pronk.'

16

De emoties in de kerk waren hoog opgelopen na de onthulling van De Cock. Sally was door haar knieën gezakt en hing als een verlaten marionet tegen een kerkbankje. Lars had een kreet geslaakt en had, zonder iets te zeggen of iemand te groeten, de kerk met grote passen verlaten. Anneke Pronk had De Cock bij zijn arm gegrepen en wilde de details over de dood van haar man horen. Maar zover was hij nog niet.

'Wij gaan nu eerst met de verdachte in gesprek, om zelf het volledige beeld te krijgen van wat er zich precies heeft afgespeeld. U zult even moeten wachten, mevrouw.' Daarna verdween ook zij uit de kerk. Over de verbouwing werd niet gesproken, maar daar was op dat moment ook niemand meer mee bezig.

Pastoor Vrijens trok met alle macht aan de handboei waar hij onmiddellijk van verlost wenste te worden, zodat hij de ingestorte Sally kon bijstaan. Zijn nicht Leonie graaide in haar handtas, maar kon zo snel het sleuteltje niet vinden.

Vledder bekeek de handboeien met lichte verbazing. Ze waren stevig en van metaal, maar de buitenkant was bekleed met een soort roodkleurig nepbont. 'Wat zijn dit voor handboeien?' vroeg hij aan Leonie. Die lachte alleen maar schalks en slaakte een kreetje toen ze onder in haar tasje het sleuteltje vond.

Vrijens werd bevrijd en tilde, samen met Vledder, Sally op

de been. Hij wilde haar naar de keuken van de pastorie brengen, maar De Cock was nog niet klaar met hem.

'Meneer Vrijens. De kerk behoort nu toe aan mevrouw Pronk. Zij mag zelf bepalen wat ermee gaat gebeuren. Ik verwacht van u geen acties meer, deze kerk heeft de gemeenschap meer dan genoeg schade berokkend.'

De priester zweeg, sloeg een kruis en zette zijn gang naar de keuken voort.

Jeroen was aangehouden op zijn werk, hij had zich niet tegen zijn arrestatie verzet. Toen De Cock de verhoorkamer binnenkwam zat hij er rustig bij. Bijna vredig, verzoend met zijn lot. Zijn van nature bozige gezicht, met de constant gefronste wenkbrauwen, was ontspannen, zijn blik neutraal.

'Ik wil beginnen met een verklaring,' sprak hij plechtig.

'Ga je gang.'

'Ik ben geen moordenaar.'

De Cock wachtte even af, maar blijkbaar was dat de verklaring. Hij ging tegenover de jonge man zitten, die hem verwachtingsvol aankeek. 'Dat weet ik, Jeroen, toch zitten wij met twee doden.'

Jeroen stak een vinger op. 'Maar,' verklaarde hij toch nog parmantig, 'ik neem de volle verantwoordelijkheid voor wat ik heb gedaan.'

'Goed. Mooi. Zou je me dan willen vertellen wat er precies is gebeurd?'

Jeroen legde zijn handen op tafel en spreidde zijn vingers. 'Sally was door haar menslievende huisbaas van haar kamer af gegooid. We konden nergens heen. Deze mooie stad stelt zich niet meer open voor mensen zoals wij, als er al een ruimte voor gewone mensen te vinden is, dan is die onbetaalbaar.'

De toon was pedant, maar De Cock begreep dat de man onder deze voor hem ontluisterende omstandigheden iets van zijn waardigheid probeerde hoog te houden.

'Sally was zwanger en we waren behoorlijk hopeloos, maar gelukkig hoorden we via via van de pastorie van de Vituskerk, dat die leeg zou komen te staan omdat de kerk was verkocht. Pastoor Vrijens vond het goed dat wij erin trokken. En uiteindelijk de eigenaar ook.'

'Pronk.'

'De heer Pronk, ja. Wij konden dan ook een oogje op de kerk houden.'

'En op een dag stond ook Okke op de stoep.'

Het gezicht van Jeroen betrok, de wenkbrauwen fronsten weer. 'Okke was een etterbak, maar dat wisten we niet toen hij kwam aanlopen. Hij had via dezelfde relatie gehoord van de gekraakte kerk en zocht onderdak. Nou, de kerk was groot genoeg, dus Sally en ik vonden het wel goed. Maar al snel bleek dat een foute beslissing. Okke was aan de drugs, hij voerde zogenaamde duivelse rituelen uit en maakte voortdurend ruzie met Vince. Die arme gast deed geen vlieg kwaad, maar Okke had er plezier in om hem waar hij kon te treiteren.'

'Jullie kregen hem er niet meer uit?'

'Nee, en hij dreigde met van alles. En hij was heel goed in dreigen. Mij kon het niet schelen, ik was niet bang voor die kwast, maar voor Sally lag dat anders. Maar als we hem met rust lieten, dan hadden we ook geen last van hem. Het ging een paar maanden goed.'

'Wanneer liep het mis?'

De Cock zag hoe de handen van Jeroen zich balden tot vuisten. 'Net voor kerst, toen Sally die halvezool van Pronk zag zoenen met die nicht van de pastoor.'

'Hebben we het dan over Lars Weber en Leonie Vrijens?'

'En als ik Sally mag geloven ging het een stuk verder dan zoenen. Zij vond dat onfatsoenlijk, zoiets doe je niet in de kerk.' Er trok een meewarig lachje over zijn gezicht. 'Zo is ze nou eenmaal opgevoed. En toen is die Lars tegen haar uitgevaren, hij schold haar uit en riep dat wij per 1 januari de kerk uit moesten zijn, omdat ze de zaak gingen verbouwen. Ze was helemaal overstuur, ze liep op alle dagen, ons kind kon elk moment komen.'

Voor het eerst tijdens het verhoor liet hij iets van zijn emotie blijken, maar hij hernam zich meteen.

'Wij hebben de kerst doorgebracht in Nijmegen, maar we zijn daarna meteen teruggegaan en bij Pronk langsgegaan.'

'Heb je hem niet eerst gebeld?'

'Natuurlijk, maar Pronk nam niet op, dus we konden niet anders dan gewoon maar langsgaan.'

'Het werd een onaangenaam gesprek?'

'Het verbaasde me al dat hij ons binnenliet!'

Omdat hij iemand anders verwachtte, dacht De Cock.

'Hij was boos en klaagde over pijn en dat we weg moesten gaan. Zwaaide met die stok.' Jeroen viel stil, de blik naar binnen gekeerd, alsof hij de scène opnieuw beleefde.

'En jij werd ook boos.'

'Ja! Hij had toch wel kunnen luisteren. Je zet toch niet zomaar een hoogzwangere vrouw op straat. Wie doet dat nou?'

'Maar hij was niet voor rede vatbaar?'

'Hij begon te schreeuwen. En toen Sally nog eens wilde smeken of hij zijn hand over zijn hart wilde halen, greep hij haar vast en gooide haar tegen de muur. Ik werd blind van woede. Je blijft verdomme met je gore poten van mijn vrouw af. Ik haalde uit naar zijn gezicht en pakte hem bij zijn jasje en smeet hem de kamer in.'

'Heb je gezien hoe hij viel?'

Jeroen sloeg met zijn vuist op tafel. 'Het interesseerde me niet. Jezus, man, Sally stond tegen de muur, ze verloor vruchtwater en ze wist het zeker, ze wist het heel zeker!'

'Wat wist ze zeker?'

'Dat het kind zou komen, dat de bevalling was begonnen. Ze stond tegen die muur, haar armen om haar buik, en pijn, pijn.'

De tranen schoten in zijn ogen, terwijl hij De Cock aankeek met een blik die vroeg hoe het toch mogelijk was dat iemand zijn vrouw zo schofterig had behandeld.

'En toen, Jeroen?'

'We zijn weggegaan, zo snel mogelijk naar het OLVG, en daar is Jesse geboren.' De tranen rolden nu over zijn wangen.

'En je hebt niet meer omgekeken naar Koen Pronk?'

Jeroen schudde zijn hoofd en probeerde zichzelf weer te hervinden. 'We hoorden pas...' Hij haalde uitgebreid zijn neus op en veegde de tranen van zijn wangen. 'We hoorden pas later dat hij dood was. En dat er politie bij was geweest, en...'

'En toen was er nog alle tijd om dit de politie voor te leggen en ze te vertellen wat er was gebeurd,' vulde De Cock aan. 'Een ongeluk, Jeroen.'

'Stom. Gewoon stom, maar ik wilde het risico niet nemen. Ik dacht, we komen er wel mee weg.'

'Maar jullie kwamen er niet mee weg.'

'Sally had Okke verteld wat er was gebeurd, hoe het kwam dat Jesse zo plotseling geboren was. Gewoon verteld, zonder erg, omdat ze zo'n flapuit is.'

Dat kon De Cock beamen.

'Maar toen bleek dat Pronk na de val was overleden, begon Okke ons te bedreigen, hij wilde geld zien, anders zou hij de politie inlichten. Hij had zelfs het nummer opgezocht van de kliklijn!' Het onbegrip stond in zijn ogen te lezen. 'Achteraf denk ik, had maar gebeld...'

'Dat was voor iedereen het beste geweest,' verzuchtte De Cock. 'Maar zo is het niet gegaan.'

'Nee,' zei Jeroen zacht. 'We hadden net Jesse en Sally had me nodig en ik... ik dacht echt dat ik Okke met wat geld op afstand kon houden.'

'Heb je hem toen die vijfhonderd euro gegeven?'

'Zeshonderd. Maar de volgende dag kwam hij alweer, hij wilde meer geld, ik zei dat ik niets meer had, maar hij zei dat ik beter mijn best moest doen. Hij had volgens mij drugs gebruikt, want hij danste als een gek rond in die kerk met die oude soutane van Vrijens om zijn schouders en een kaars in zijn hand. Schreeuwend dat wij eraan gingen. Hij genoot ervan dat wij met onze rug tegen de muur stonden. Ja, zo voelde dat ook, dat ik met mijn rug tegen een muur stond. Ik kon niet anders... Ik had geen andere keus...'

'Je hebt altijd een keus, Jeroen.'

'Zo zag ik het niet.' Zijn ogen liepen weer vol met tranen. 'Ik zag het niet. Ik zag alleen die gek, die ellendeling die ons leven wilde verwoesten.'

Hij liet zijn hoofd zakken.

'En uiteindelijk is het hem gelukt.'

Zaak gesloten.

Het OM zou tevreden zijn, en commissaris Buitendam vast en zeker ook, maar De Cock bespeurde nog steeds geen opluchting bij zichzelf en al helemaal niet de vreugde die hij kon voelen als hij een zaak op bevredigende wijze had afgesloten. Daarvoor was de daad van Jeroen te zeer een uiting van onmacht geweest. Overbodig bovendien en de oorzaak van de ellende die over een jong gezin werd uitgestort. Treurig. Toch had hij nog vanaf het bureau met zijn vrouw gebeld, zodat zij de tijd had om boodschappen te doen voor het afsluitende etentje. Dat was nu eenmaal traditie wanneer ze een zaak succesvol hadden afgesloten. Bovendien hadden Vledder en Keizer er recht op dat hij zijn gedachten met hen deelde.

En dus stond er, nadat er was aangebeld, een grote bos bloemen voor de deur, waarachter Dick Vledder zich had verscholen.

'Dat had je nou niet moeten doen,' bromde De Cock, die de deur had geopend.

De bos zakte iets en het hoofd van Vledder kwam tevoorschijn. 'Ze zijn ook niet voor jou bedoeld, De Cock.' Hij stapte over de drempel. 'Hoewel je ze wel hebt verdiend.'

Achter Vledder aan kwam Keizer het huis binnen. 'De bloemen zijn van ons samen,' riep hij.

'Echt niet!' antwoordde Vledder verontwaardigd.

De Cock grinnikte. 'Ik zal ze namens jullie beiden in het water zetten.'

Keizer snoof. 'Wat eten we?'

'Zeebaars in een zoutkorst, ratatouille en ravigotesaus,' lepelde De Cock zonder haperen het menuvoorstel van zijn echtgenote op.

'Zeg, De Cock,' vroeg Keizer verlekkerd, 'wanneer begint die vrouw van jou nou eens een restaurant?'

Hij dacht even na. 'Als ik ben gepensioneerd, ooit.'

De Cock liep door en Vledder boog zich naar Keizer. 'Dat wil dus zeggen nooit!'

De Cock had plaatsgenomen in zijn favoriete leunstoel en de rest van het gezelschap had zich aan zijn voeten geschaard.

'Het begon eigenlijk onschuldig, met de ongelukkige dood van Koen Pronk. Tenminste, dat dachten we op het eerste gezicht.'

'En op het tweede gezicht ook,' interrumpeerde Vledder.

'Dat is waar, Dick. We hadden dan ook geen redenen om aan te nemen dat er meer aan de hand was dan een ongelukkige val. En als we drie dagen later niet het dode lichaam van Okke Koops hadden aangetroffen in de oude Vituskerk, was de dood van Koen Pronk waarschijnlijk altijd een ongelukkig ongeval gebleven.' Hij pauzeerde even om zijn gedachten op een rij te zetten. 'En ook die dood van Okke zou waarschijnlijk onopgelost zijn gebleven, als we er niet achter waren gekomen dat Pronk eigenaar van de kerk was. Dat verbond de twee zaken met elkaar en ik kon niet geloven dat dat toeval was.'

'Waarom niet?' Het was een simpele vraag van mevrouw

De Cock, maar simpele vragen kenden doorgaans geen simpele antwoorden.

'Omdat...' antwoordde haar man, op zoek naar een bevredigende verklaring, 'Omdat ik nu eenmaal dat gevoel had. Bovendien waren er ook wel aanwijzingen.'

'Het sporenonderzoek heeft anders niets opgeleverd,' stelde Vledder.

'Niet direct, maar indirect toch wel. Zowel bij Pronk als bij de kerk was er geen sprake van braak, dus de theorie van de betrapte inbreker ging niet op. Het kon zijn dat er iemand uit de directe omgeving betrokken was bij de sterfgevallen. En de slachtoffers waren allebei niet erg geliefd. Iedereen had wel een rekening te vereffenen met een van de twee heren. Maar jullie hebben gelijk, er was eigenlijk geen enkel bewijs dat beide sterfgevallen iets met elkaar te maken hadden. Dus concentreerde ik mij op de dood van Okke, tenslotte was die met geweld om het leven gebracht. Ook daar waren geen directe aanwijzingen, maar ik begon mij steeds meer te verwonderen over het vermogen van Jeroen om op elke vreemde situatie een passend antwoord te hebben.'

'Bijvoorbeeld?' vroeg Vledder.

'Wij vonden die vijfhonderd euro in het tabernakel en meteen die avond kwam Jeroen verhaal halen. Hij wilde niet dat wij zijn vrouw lastigvielen, omdat hij ook wel wist dat Sally er zomaar van alles uit kon flappen, zoals ze ook tegenover Okke had gedaan. Bovendien had hij een vreemd verhaal over dat geld, dat hij heel graag terug wilde hebben, en dat hij aan Okke zou hebben gegeven omdat die terug naar zijn ouders in Friesland wilde.'

Vledder schoot in de lach. 'De vraag is of Friesland hem wel terug wilde.'

'Hij had zijn ouders al jaren niet meer gesproken. Het was een onzinnig verhaal. En een paar dagen later liet hij weten dat ze Vincent Okke hadden zien neerslaan.'

'Omdat Sally haar mond weer eens voorbij had gepraat.'

De Cock liet het restje cognac door zijn glas walsen. 'En ook dat kon ik niet geloven. Vincent durfde de kerk niet binnen te komen. Hij was bang voor Okke. Bovendien zat hij de volgende dag alweer op de stoep voor de kerk te wachten tot iemand hem een euro voor een kop koffie wilde geven. Het klopte gewoon allemaal niet. Jeroen probeerde iets af te schermen. Maar wat? Ik kon bijvoorbeeld geen enkele reden verzinnen waarom hij Okke zou willen doodslaan. Niet alleen maar omdat Okke een onbetrouwbare lastpak was. Nee, het antwoord kwam toen ik ineens begreep dat Pronk op de dag van zijn dood nóg een afspraak had gehad. Hij wilde om drie uur met Lars spreken, maar Lars kwam een uur later. Toch was hij volgens zijn secretaresse om drie uur in gesprek.'

'Je hebt nog wel even gedacht dat Lars verantwoordelijk was voor de dood van zijn oom.'

'Ja, maar dat was uiteindelijk toch niet logisch. Pronk was om drie uur in gesprek en Lars arriveerde even na vieren op het kantoor. In die tussentijd moest er iets zijn gebeurd. En eigenlijk kon ik mij heel goed voorstellen wat er moest zijn gebeurd als Jeroen en Sally hadden geweten dat ze per 1 januari de kerk moesten verlaten. Als zij op die dag om drie uur bij Pronk waren geweest en er had zich iets noodlottigs voorgedaan, was er dan ook een verbinding met de moord in de kerk?'

Vledder begon hevig te knikken. 'Dat was het moment waarop jij dacht aan die vijfhonderd euro en dat verhaal dat Vincent Okke zou hebben vermoord.'

'Heel goed, Dick. Zo was het en vanaf dat punt was het ook niet zo moeilijk meer. Ik kon alleen niets bewijzen. Maar om de moord op Pronk rond te krijgen, moest ik in de kerk zijn. Dat wist ik wel.'

'Daarom moest Vincent mee.'

'Ik zag geen andere mogelijkheid, ik moest op zoek naar de zwakste schakel.'

'En dat was die arme vrouw,' constateerde mevrouw De Cock opstandig.

'Dat was Sally, inderdaad.'

Het was stil in de woonkamer, de gedachte aan de jonge vrouw met haar kind, die voorlopig hun man en vader zouden moeten missen, alleen omdat hij zijn gezinnetje probeerde te beschermen, drukte de stemming.

Uiteindelijk verbrak mevrouw De Cock de stilte. 'Schenk jij nog wat te drinken in, Jurre, dan ga ik naar de vis kijken.'

Ze stond op en haar man reikte vanuit zijn leunstoel naar de fles.

'Pas op je rug,' waarschuwde Vledder.

De Cock keek verbaasd op. 'Mijn rug? Daar heb ik helemaal geen last meer van.'

'Dan is er tenminste ook nog goed nieuws,' verzuchtte mevrouw De Cock opgelucht, voor ze in de keuken verdween.

De volgende boeken van Baantjer zijn bij De Fontein verschenen:

1 De Cock en een strop voor Bobby
2 De Cock en de wurger op zondag
3 De Cock en het lijk in de kerstnacht
4 De Cock en de moord op Anna Bentveld
5 De Cock en het sombere naakt
6 De Cock en de dode harlekijn
7 De Cock en de treurende kater
8 De Cock en de ontgoochelde dode
9 De Cock en de zorgvuldige moordenaar
10 De Cock en de romance in moord
11 De Cock en de stervende wandelaar
12 De Cock en het lijk aan de kerkmuur
13 De Cock en de dansende dood
14 De Cock en de naakte juffer
15 De Cock en de broeders van de zachte dood
16 De Cock en het dodelijk akkoord
17 De Cock en de moord in seance
18 De Cock en de moord in extase
19 De Cock en de smekende dood
20 De Cock en de ganzen van de dood
21 De Cock en de moord op melodie
22 De Cock en de dood van een clown
23 De Cock en een variant op moord
24 De Cock en moord op termijn
25 De Cock en moord op de Bloedberg
26 De Cock en de dode minnaars
27 De Cock en het masker van de dood
28 De Cock en het lijk op retour
29 De Cock en moord in brons
30 De Cock en een dodelijke dreiging
31 De Cock en moord eerste klasse
32 De Cock en de bloedwraak
33 De Cock en moord à la carte
34 De Cock en moord in beeld
35 De Cock en danse macabre
36 De Cock en een duivels komplot
37 De Cock en de ontluisterende dood
38 De Cock en het duel in de nacht
39 De Cock en de dood van een profeet
40 De Cock en kogels voor een bruid
41 De Cock en de dode meesters
42 De Cock en de sluimerende dood
43 De Cock en 't wassend kwaad
44 De Cock en het roodzijden nachthemd
45 De Cock en moord bij maanlicht
46 De Cock en de geur van rottend hout
47 De Cock en een dodelijk rendez-vous
48 De Cock en tranen aan de Leie
49 De Cock en het lijk op drift
50 De Cock en de onsterfelijke dood
51 De Cock en de dood in antiek
52 De Cock en een deal met de duivel
53 De Cock en dood door hamerslag
54 De Cock en de dwaze maagden
55 De Cock en de dode tempeliers
56 De Cock en de blijde Bacchus
57 De Cock en moord op bestelling
58 De Cock en de dood van de Helende Meesters
59 De Cock en moord in reclame
60 De Cock en geen excuus voor moord
61 De Cock en de gebrandmerkte doden
62 De Cock en een veld papavers
63 De Cock en de broeders van de haat
64 De Cock en de dood van een kunstenaar
65 De Cock en de dartele weduwe
66 De Cock en moord in triplo
67 De Cock en een recept voor moord
68 De Cock en de wortel van het kwaad
69 De Cock en moord in de hondsdagen
70 De Cock en de dood in gebed
71 De Cock en de onzichtbare moordenaar
72 De Cock en de moord in het circus
73 De Cock en de dood van een engel
74 De Cock en de rituele moord
75 De Cock en het lijk aan de Amstel
76 De Cock en de dode diva
77 De Cock en de vermoorde onschuld
78 De Cock en het dodelijk doel
79 De Cock en de zoete wraak
80 De Cock en de moord op maat
81 De Cock en een duivels dilemma
82 De Cock en de naakte waarheid
83 De Cock en de dood van een kerkrat